SUNG YA NOTE VOL.4

秋墳
書店
胡媚兒
三百歲的狐仙，在人間的工作是平面模特兒。
個性樂天、活力充沛，像小狗一樣熱情親人，
喜歡變成狐狸向蒲松雅撒嬌。
她除了會法術和力大無窮外，胃袋完全是個無底洞。
蒲松雅
秋墳二手租書店店長，二十五歲，單身。
對動物熱情，對人類卻相當冷漠。
由於過去被背叛的經歷，因此對人類的信任感很低，
但只要能取得他的信賴，就會為對方赴湯蹈火。

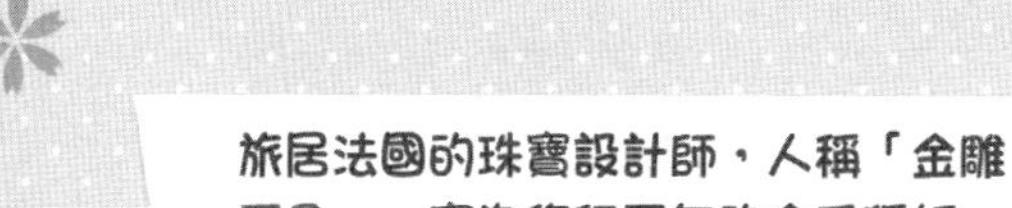

旅居法國的珠寶設計師，人稱「金雕王子」。實為修行百年的金毛狐妖，胡媚兒的小師弟。骨子裡相當自傲，自認是胡媚兒的保護者。

宋袞公的弟弟兼專屬乩童，長相斯文，沉默寡言，默默喜愛著胡媚兒。

宋袞正

蒲松雅的雙胞胎弟弟，小惡魔性格。乍看之下活潑開朗，實則除了對父母和哥哥與聶小倩之外，不在乎任何人。失蹤多年後再度出現，似乎正密謀著一項大計畫。

蒲松芳

是個死了兩百多年的女鬼，受制於寶樹夫人。她沉默寡言、逆來順受，原本被派去監視蒲松芳，後來卻對蒲松芳起了異樣情愫。

聶小倩

神秘美豔的情報商女子，擅長不著痕跡的控制他人，是蒲松芳口中「老太婆」的屬下。

CONTENTS

SUNG YA NOTE VOL.4

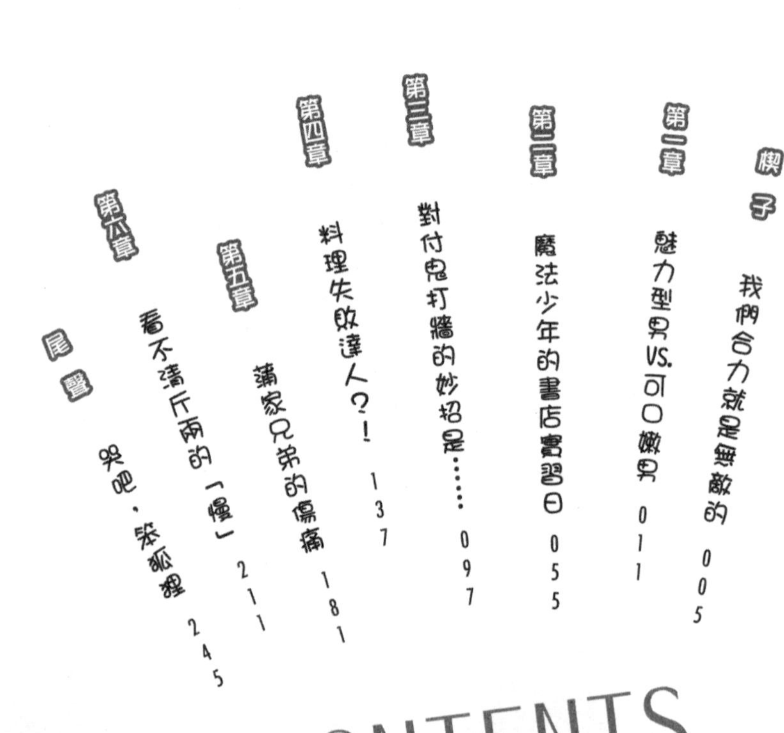

楔子

我們合力就是無敵的

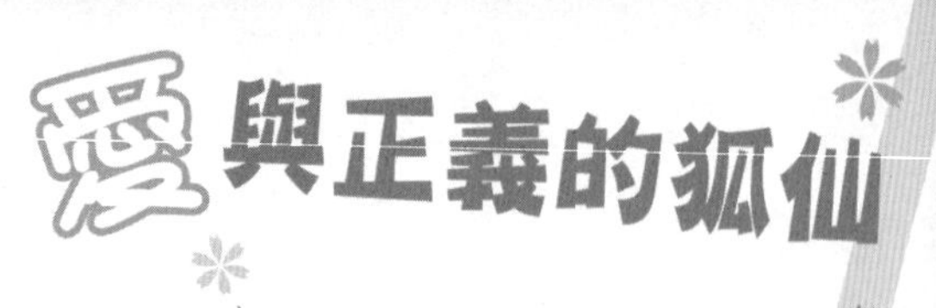

十五歲的蒲松雅處於高度緊張中。

他站在教室的掃具櫃前，手中抓著掃把和畚箕，視線飛過整間教室的桌椅，停在壁櫃前與朋友談笑的馬尾少女身上。

那名少女的五官與皮膚都不是朋友中最亮麗的，身高與身材也僅有中等水平，但是她有一顆柔軟的心與爽朗的性格，而且笑靨與笑聲都如陽光般耀眼。

蒲松雅打從第一次見到少女，就被對方的笑容迷住，不過礙於他不是個擅長搭訕或聊天的人，兩人雖然已經同班一個月，卻始終沒獨處或閒聊過。

但這種疏離的關係僅到今天——蒲松雅如此激勵自己，想著躺在口袋中的樂團見面會門票，他將掃具放入櫃子中，走到討論偶像劇的少女們面前。

走過去，然後以輕鬆的口氣說出開場白——蒲松雅這麼告訴自己，可惜他費盡力氣表現的輕鬆，全都在少女們察覺到有人靠近，將頭轉過來時煙消雲散。

「松雅同學？」

「有事嗎？」

「哇，臉好紅！你還好嗎？」

少女們連番開口，這令蒲松雅的身體與腦袋更加僵硬，他望著同學們與自己愛慕的對象，停頓幾秒後以平板的聲音告訴少女們，自己想拿壁櫃中的東西，請她們退開。

少女們乾脆的轉移陣地，蒲松雅目送同學們離去，他蹲下來假裝開壁櫃找東西，再站起來離開教室。

他站在走廊的花臺邊，從口袋掏出一張寫滿藍字的白紙，盯著手中的紙與紙下方的泥土，非常想挖個洞把自己與白紙埋進去。

「阿雅！」

喊聲與手掌同時拍上蒲松雅的肩膀，他愣了一秒往後轉，瞧見雙胞胎弟弟的臉。

「我總算通過檢查了，有個龜毛又潔癖的衛生股長好麻煩，真羨慕阿雅的班級。」

蒲松芳轉身靠上花臺，他瞧見蒲松雅手中的紙，湊過去好奇的問：「這是什麼？」

「沒什麼。」

蒲松雅想收起白紙，可惜他兄弟的動作更快，手臂一伸便抽走紙張。

他僵硬片刻，朝弟弟伸出手急切的道：「阿芳，還我！」

「我看完就還。『圓環廣場行動』……好妙的名字，這是什麼行動？」蒲松芳閃過哥哥

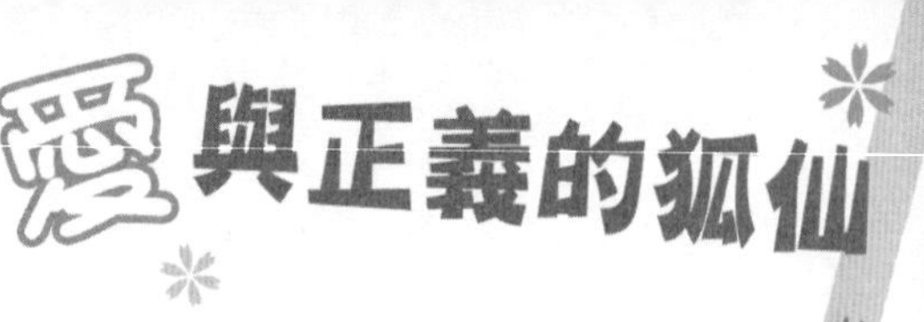

的手問。

「只是我亂寫的。別讀了，快還給我！」

「阿雅又不是我，才不會亂寫。喔……『行動的目：拉近和代號【小梅子】同學的距離』……這是你最近的目標嗎？」

「別唸出來啦！」

「『計畫調查附件簡表：小梅子最喜歡的藝人、小梅子周圍好友的喜好、小梅子和好友可能的反應與應對』……哇啊，不愧是阿雅，寫得超級詳細的！」

蒲松芳仗著愛運動的自己比哥哥快又靈活，邊閃蒲松雅、邊將紙上的文字讀完，這才將紙還給對方。

蒲松雅抓住紙張，剛鬆一口氣就瞄到蒲松芳往前門走，跨進還飄著清潔劑味道的教室，走到少女們的面前。

蒲松雅的心跳漏跳一拍，轉身奔向教室想攔住蒲松芳，然而他跑沒幾步就停了下來。

為什麼？因為蒲松芳以驚人的速度，和初次見面的少女們聊開了。

少女們一開始被蒲松芳的臉嚇一跳，不過後者以笑臉軟化了她們的驚訝，再用自信且愉

快的口氣踏平女孩們的戒備。

蒲松雅目睹了這一切，他的心情從緊繃轉為訝異，再慢慢凝結成一抹複雜的苦笑。

「……那就說定囉！禮拜天十點在校門口集合，遲到的人要請所有人喝飲料。」

蒲松芳朝少女們揮揮手，轉身走出教室，朝哥哥開心的道：「我約到『小梅子』了，雖然不小心連旁邊的橘子柳丁芭樂也約了，不過根據阿雅的行動計畫附註，這是『必要時可動用的措施』，所以我想你不會介意吧？」

「我說你啊……」蒲松雅一陣無力，視線越過弟弟的肩膀，望著自己心儀的同學，低聲道：「謝了，我原想自己來的，但最後還是……」

「說不出擬好的臺詞？」蒲松芳接下話，聳聳肩膀輕鬆道：「沒辦法啊，誰叫阿雅是一旦面對喜歡的人就會考慮太多，導致嘴巴打結、腦袋當機的類型。不過沒關係，我會幫助你，安心的交給我吧！」

「我總不能一直依賴你吧？」

「這不是依賴，是各司其職。」蒲松芳搖晃著食指，搭上兄弟的肩膀微笑道：「阿雅擅長策劃，我擅長執行，所以由你制定計畫，由我負責行動。」

「但是我……」

「我們合力就是無敵的。」

蒲松芳重拍蒲松雅的背脊，他聽見同班同學叫自己的名字，抽回手，一邊奔向同窗、一邊大聲回喊。

蒲松雅目送兄弟離去，他一方面對於自己的失敗感到不滿，一方面又慶幸自己有蒲松芳幫忙。

總有一天，我會親口向自己喜歡的人表白——蒲松雅這麼告訴自己，然後轉身返回自己的班級中。

第一章

魅力型男vs.可口嫩男

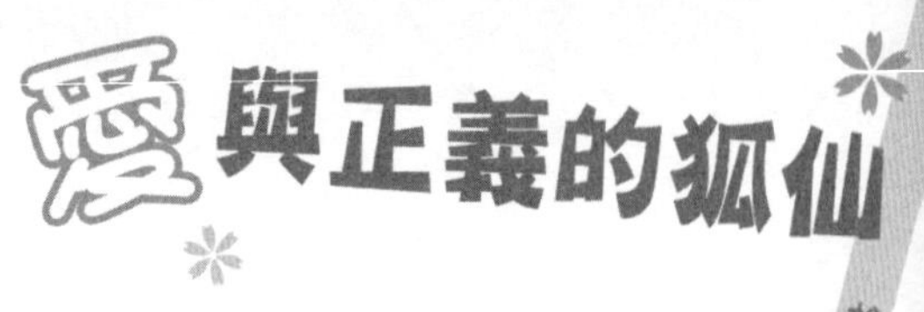

蒲松雅所任職的書店——秋墳二手租書店，是一間很奇妙的書店。

這家店開的位置不是最好的位置，它開在遠離大馬路的小巷子中；它的裝潢不是最符合租書店形象的裝潢，外觀看起來像茶館多過書店不說，招牌還小得跟門牌差不多；它的店長蒲松雅雖然五官端正，但是從性格到興趣都不是做服務業的料。

不過，即使秋墳書店如此奇妙，它還是擁有一批忠誠的老顧客，而且這批顧客遍及各個年齡層與營業時間。

早上是買好菜、送完小孩的婆婆媽媽，中午是帶著午餐來店內邊吃飯邊看報紙雜誌的上班族，下午則屬於爺爺奶奶的午茶時光，四點之後會湧入學生軍團。

總之，秋墳書店雖然先天位置不佳、後天裝潢微妙，卻能維持不錯的收入，除了少數幾個時段外，店內或多或少都有客人。

因此當秋墳書店的工讀生——目前大二準備升大三的大學生朱孝廉，於週五早上推開店門，發現座位區空空如也，整間店內只有店長與店長的愛犬時，他露出了非常驚訝的臉。

「欸，沒人？真奇怪！」

朱孝廉拎著背包與塑膠袋走入書店，停在櫃檯前、面對著座位區，問：「店長，人都上

哪去了？」

「……」

「店長？」朱孝廉回頭往後看。

蒲松雅一手支著頭、一手翻書頁，盯著手中的口袋書，完全無視櫃檯前工讀生的存在。

朱孝廉注視蒲松雅片刻，突然一百八十度轉身，蹲下來近距離盯著對方的臉。

這個動作打斷了蒲松雅的閱讀，他皺眉合上口袋書，瞪視窩在自己正前方的工讀生，聲音冷冷的問：「你在幹什麼？」

「分析店長的表情。」

「我的表情有什麼好分析的？」

「很值得分析！因為店長你的表情變化很細微，一不小心就會會錯意。」

朱孝廉搖晃手指說明：「舉例來說，店長的微笑大致分成四種：冷笑、營業用笑容、欺騙用笑容，還有極為稀有的真．微笑。如果把冷笑誤認成真．微笑，或是沒發現眼前是欺騙用笑容，那就危險了。」

「『欺騙用微笑』是什麼奇怪的自創詞？」

「是小媚創造的中肯自創詞，她說店長你有時候會利用微笑讓人放下戒心，進而達到欺騙效果。」

「別把我講得像職業騙子一樣，我什麼時候靠笑容騙過人了？」

「各式各樣的時候。」

朱孝廉開口繼續說下去：「然而，店長最常出現的表情——無表情，也分成很多類……看書時的專注型無表情、動腦時的思考型無表情、氣到不行時的殺氣型無表情、被嚇到時的呆滯型無表情，還有失去耐性的煩躁型無表情……總之有很多類型，而且彼此之間差別不大，搞錯的話同樣可怕。」

「我都不知道自己的表情這麼多采多姿。」

蒲松雅低聲挖苦，靠在椅背上露出「微具殺氣型無表情」問：「你既然已經研究得如此透澈，何必再貼著我的臉做分析？你應該看一眼就知道我在想什麼吧？」

「我的功力還沒那麼高深，我通常都是靠店長接下來的反應，去逆推你先前是哪種笑或無表情。」朱孝廉揮揮手，再次靠近蒲松雅的臉道：「而且店長剛剛的表情……我覺得我看到了新型的無表情，為了我往後的職場關係著想，有必要深入觀察。」

蒲松雅皺眉道：「如果你想要改善自己的職場關係，先改掉遲到的老毛病比較有用。」

「遲到是不可抗力因素啦！我盡力了，但總是有各種意外拖延我的時間。」

「譬如你的惰性嗎？話說回來，你不是為了準備期末考與慶祝放暑假，跟我請了兩個禮拜的假嗎？現在才過一週，你到店裡做什麼？」

「做什麼？我到店裡的目的當然是來找……」

朱孝廉猛然僵住，提起裝有罐裝茶飲與零嘴的袋子乾笑道：「當然是來送慰勞品給店長啊，你要紅茶還是綠茶？」

「明明是拿送慰勞品給我當藉口，過來找胡媚兒玩。」

「怎麼會是！我是關……」

「袋子裡的飲料和零食都是三人份，我有算錯嗎？」

「呃！」

蒲松雅望著被空氣噎住的工讀生，嘆一口氣道：「如果你想找胡媚兒，直接打電話約她出來會比較好，她已經一個多禮拜都沒到店裡了，你撲空的機率非常高。」

朱孝廉的雙眼瞬間睜大，看著蒲松雅不發一語。

「你可以回去了。」

蒲松雅翻開口袋書，面無表情的盯著書頁道：「然後我回答一下你剛進門時的問題。店內為什麼沒有客人？今天區公所在辦免費的健康檢查，參加者贈送悠遊卡點數，附近的婆婆媽媽叔叔伯伯去加值了。」

「……」

「如果你要待在店裡，那就去挑兩本書或買兩罐飲料，付錢後要待多久就待多久。」

「……」

「不想付錢又想吹冷氣，那就去把廁所掃一掃，總之不准白吃白喝，付出金錢或付出勞力自己選一個。」

蒲松雅揮手催促，但是朱孝廉卻仍然站在櫃檯前，他只好抬起頭看看自家工讀生在發什麼呆。

而這一看，蒲松雅才發現朱孝廉面色凝重的盯著自己。

朱孝廉雙手拍上櫃檯，認真而痛心的問：「店長，你和小媚……你們在我趕報告、拚歐趴的時候，終於無法克服彼此的差異，協議分手了嗎？」

「什麼？」

「店長剛剛不是說，小媚這一週都沒來店裡嗎？小媚明明那麼喜歡來店裡找你，突然一整個禮拜都沒出現，這不是吵架就是分手啊！店長你在我看不到的地方做了什麼壞事？」

蒲松雅的臉上閃過一絲陰霾，不過他馬上就裝出不耐煩的樣子道：「我才想知道你的腦子裡都裝了什麼怪東西。首先，胡媚兒不是秋墳的店員，本來就沒義務天天到店裡報到；第二，你忘記她不到一個月前，曾經連續兩週都沒來秋墳嗎？最後，真要說誰做了壞事那也是她，她才是老是拿麻煩的問題來騷擾我的人。」

「店長你說的是沒錯，但是……」

朱孝廉用力搖頭，再度拍上櫃檯道：「不對不對不對，我還是覺得有哪邊不對！店長你和小媚絕對發生了什麼事，你對她始亂終棄嗎？」

「你是想討打嗎？」

蒲松雅拿出口袋書拍拍朱孝廉的臉，用書角指著對方的鼻子道：「我和胡媚兒之間沒有發生任何事，我也沒有對她做出任何違反法律、善良風俗的事，你有時間胡思亂想，還不如檢查看看自己的期末報告都交齊了沒。」

「我的報告早就全送出去了，現在需要擔心的是店長和小……」

「鈴兜鈴兜鈴啊——」

手機鈴聲打斷了朱孝廉的發言，他拉開背包拉鍊，拿出手機按下通話鍵道：「喂，我現在在討論我朋友的人生大事，有什麼事等一下……助助助助教！助教你怎麼會打來……欸？沒收到我的報告？怎麼可能！我明明昨天早上六點就把報告發到信箱。等等！我當時好像……糟糕！我好像是做夢的時候寄出去的！給我一個小時……不，半小時就好，我回去寄作業！」

朱孝廉將手機扔進背包，沒說再見甚至沒拿走櫃檯上的塑膠袋，就三步併作兩步跑向大門口。

蒲松雅目送朱孝廉奔出書店，脫下虛假的不耐煩，靠上椅背深吸一口氣道：「朱孝廉這傢伙……該細心的地方不細心，不該細心的時候卻異常敏銳。」

沒錯，雖然蒲松雅否認了朱孝廉的指控，但事實上對方所點出的問題——蒲松雅的表情與平常不同、和胡媚兒之間發生了什麼，全都沒說錯。

當朱孝廉進店時，蒲松雅乍看之下與平常一樣，頂著面無表情的臉看書，但如果打開他的腦袋，就會發現書中的文字半個都沒進入腦中，只是以看書的模樣掩飾自己的煩悶迷惘。

蒲松雅常常感到煩悶，可是鮮少產生迷惘。好惡分明、頭腦清晰的他，總是能很快決定自己要或不要做什麼，但此時此刻，他卻像困在迷霧中的人，不知該前進還是後退。

而造成蒲松雅迷惘的原因，要從一週前兩人從藝廊「畫壁」歸來後說起。

當天晚上因為蒲松雅情緒失控，讓胡媚兒在蒲家留了一晚，隔日蒲松雅為了感謝狐仙的陪伴，清空冰箱做了將近十個便當謝禮。

胡媚兒開開心心的收下便當，告訴蒲松雅她晚上會來還便當盒，蒲松雅為此出門大採購一回，煮出一整桌的菜等待對方按門鈴。

然而，蒲松雅從六點的晚餐時間等到十點的消夜時間，胡媚兒卻遲遲沒出現，讓蒲松雅忍不住打電話去找人。

「松雅先生對不起！」

胡媚兒在話筒中猛道歉：「我今天的工作有延宕，然後又忙著做準備，一不小心就忘記要去還盒子，能讓我直接放在你家門口嗎？」

「妳何不直接拿進我家？反正都要下樓。」

蒲松雅皺眉問，看著餐桌上涼掉的湯湯菜菜道：「順便打包一些飯菜回去，我今天不小心煮太多，正愁沒人幫忙吃。」

「有菜可以打包嗎？那我馬上……」

胡媚兒的聲音轉低，沉默片刻後再飆高道：「不行不行，我不能進松雅先生家，我把保鮮盒和袋子放門口就好，要不然我會克制不住自己。」

「克制什麼？」

「就是……總之我拿下去後會按門鈴，請松雅先生等我走了之後再開門。」

「門關著哪知道妳走了沒？」

「我會用最快的速度跑回去，你鈴響後等三秒再開門就行了。我還有很多東西要處理，沒時間和松雅先生聊天了，待會一定要等三秒喔！」

「妳給我等一下，把事情說清楚再……」

「啊對了，我最近比較忙，沒空去找松雅先生，也請松雅先生不要來找我，我們先分開一段時間，給彼此一點空間和時間。」

語畢，胡媚兒單方面掛斷電話。

兩分鐘後蒲家的門鈴響起，蒲松雅依照胡媚兒的要求等三秒才開門，在門外看見裝滿便當盒與保鮮盒的帆布袋。他將袋子提進家中，一面清洗飯盒，一面對家中的毛小孩抱怨狐仙的奇怪行徑，並且煩惱著該如何處理桌上的菜餚。

他希望胡媚兒能自己過來把剩飯剩菜吃掉，然而第二天、第三天、第四天……乃至第六天，狐仙都沒下樓來蹭飯，這讓蒲松雅只能自行解決冰箱的庫存問題。

塞滿食物的冰箱還不算大問題，真正的大問題是隨著時間流逝，他開始懷疑胡媚兒的話不單純。

蒲松雅在與胡媚兒通電話時沒想太多，只覺得對方似乎急著去做某事，但事後回想起來，才驚覺狐仙的言行有許多詭異之處。

首先是胡媚兒居然忘記與他的邀約，過去狐仙雖然是遲到累犯，可是從沒放過他鴿子；接著是兩人電話中的內容，胡媚兒居然婉拒打包食物的機會，這對貪吃狐仙而言簡直是無法想像的事。

最後，是胡媚兒要求他等她走後才開門，以對方過去黏著自己的程度，這相當不正常。

胡媚兒不太對勁——蒲松雅做出結論，接著開始尋找狐仙不對勁的原因。

他從事發時間點往回推，翻出兩人倒數幾次相處時所發生的事，立刻找到最有可能的原因——一個讓蒲松雅想挖個洞把自己埋起來的原因。

蒲松雅判斷，胡媚兒之所以一反過去死纏爛打的行徑，突然連看都不想看見自己，八成是被他的那場大哭嚇到，不知道怎麼面對樓下鄰居，因此乾脆避不見面。

這個推測有個問題，就是如果胡媚兒真的被嚇得不輕，她怎麼沒在蒲松雅哭出來時逃跑，而且隔天早上還喜孜孜的接下對方的答謝便當？

蒲松雅沒有忽視這個問題，但是他很快就找到說服自己的說法。

以胡媚兒遲鈍和粗神經的程度，延遲超過十二個小時才感受到驚嚇，也是很平常的事。

只不過，蒲松雅雖然找出胡媚兒拒絕見面的原因——至少是他認為的原因——卻沒有因此高興，反而陷入進退不得的窘境。

假如胡媚兒是被蒲松雅嚇到，那麼他就有義務去道歉。但是狐仙已經明說了「先分開一段時間，給彼此一點空間和時間」，要是貿然跑到對方面前，反倒是冒犯，甚至騷擾了。

想去找胡媚兒說對不起，但又怕這聲「對不起」會讓情況更加惡化；若不去找胡媚兒，那麼情況不會惡化，可卻也不會好轉。

蒲松雅卡在去與不去的兩難中，做不出選擇。

▼※▲▼※▲▼※▲▼※▲

不少人在思考或苦惱的時候，會做一些能安慰自己或理清思緒的事，這些事可能是徹夜唱KTV，可能是玩手機遊戲，也有可能是一個人喝掉兩手啤酒。

蒲松雅淨空思緒、安撫心情的方式不是上面三者，他的方式比較有助於生活品質——他會在自己腦袋打結時大掃除。

蒲松雅在朱孝廉造訪書店後的第一個休假日起了個大早，換上準備淘汰的舊衣褲，拿著吸塵器、抹布、拖把和各式打掃道具，對住家進行地毯式清掃。

蒲家並不算大，只是二十近三十坪的三房兩廳舊公寓，但是由於屋內毛茸茸居民眾多，所以掃除工作進行了整整一上午才結束。

「嗚啊……」

蒲松雅癱平在客廳沙發椅上，聞著散發淡淡地板清潔劑味的空氣，仰頭注視陽臺紗門外隨風晃動的白床單，覺得自己的腦袋與體力都和床單一樣，乾乾淨淨、空空蕩蕩。

蒲家的貓狗在蒲松雅發呆時靠過來，花貓花夫人靠在他的腰邊，黑貓黑勇者窩在他的大腿上，黃金獵犬金騎士則頂頂手想引起主人的注意力。

蒲松雅搔弄金騎士的後頸，眼皮在貓狗的環繞下慢慢低垂，眼看就要完全闔上時，他的手機非常不看場合的冒出鈴聲。

蒲松雅猛然睜開雙眼，瞪著天花板五、六秒，才認命的從沙發椅上爬起來，抓起手機看了來電顯示一眼，極其不悅的將機子貼上耳朵道：「孝廉，你知道今天是店裡的公休日吧？挑休假日打電話過來，你最好有重要的事。」

「我有極端重要的事。」

朱孝廉回答，可是他的聲音壓得非常低，音量更是小到一不留神就會漏聽：「店長，你今天下午沒事吧？出來一下，我有東西要讓你……」

蒲松雅不等朱孝廉講完，就直接結束通話。

開什麼玩笑！因為朱孝廉請假的關係，他這兩週各只有一天的時間能窩在家裡陪毛小孩，怎麼能把如此寶貴的假日，花在毛髮稀少還沒有尾巴的靈長類身上！

他躺回沙發椅上，摸著黃金獵犬、抱著兩隻愛貓，打算重新造訪周公的家時，手機又響了。他忽視手機鈴聲，然而鈴聲響起又沉默、沉默再響起，如此反覆了一次、兩次、三次……乃至七次後，他終於受不了聲音抓起手機，打算直接設成靜音模式。

蒲松雅在伸手時被金騎士撞了一下，手指不小心碰到通話鍵，接通了電話。

「店長——」

朱孝廉的吼聲從手機傳出，激動急切的道：「是小媚啦！我看到小媚了，她在……總之你快點過來，我先把我的位置傳過去。」

「等一下，誰說我要……」

「你一定要過來，絕對要過來，馬上就得過來！」

朱孝廉掛斷手機，三秒後透過通訊軟體丟給蒲松雅某個捷運站的名字。

蒲松雅盯著朱孝廉送來的文字，將手機放回茶几上，但隔了半分鐘又拿起手機，凝視黑色螢幕片刻後，暗罵一聲起身去換外出服。

他只是想知道朱孝廉在玩什麼把戲，除此之外沒有任何目的。

▼※▲▼※▲▼※▲▼※▲

蒲松雅在三十分鐘後，到達朱孝廉所指定的捷運站。

位於百貨公司聚集地的捷運站人來人往，但無論站內還是站外都不見工讀生的人影。

「到哪裡去了？」蒲松雅望著人群低語，掏出手機滑到朱孝廉的號碼，在電話接通的瞬間立刻開口問：「你跑到哪去了？約我過來卻跑得不見人影，你是在耍我啊？」

「……」

「喂？孝廉？朱孝廉你有聽見吧？」

「……」

「夠了，我要回去了，你一個人慢慢……」

「店長我現在不方便說話啦！」朱孝廉總算回話，只是聲音細如蚊蠅：「現在距離太近，我要是出聲，他們一下子就會發現我。」

「發現？他們？你在說什麼東西？」

「就是……啊！他們移動了，店長我先繼續跟蹤，等他們停下來我再傳位置給你，你找

頂帽子或墨鏡戴著再過來。」

「我上哪去找這些東西？」

蒲松雅的抗議沒有傳給朱孝廉，朱孝廉話一說完就掛斷電話，將滿腦子問號的自家上司留在捷運站的出口。

蒲松雅鎖著眉頭等朱孝廉聯絡，過程中他三度考慮回家，四次湧起掐自家工讀生脖子的衝動，好在這些考慮與衝動化為行動前，對方總算丟來新訊息。

朱孝廉寄給蒲松雅一封非常簡短的簡訊，內容只有某間百貨公司的名字，以及該百貨公司內的甜點店店名。

該百貨公司和捷運站距離很近，蒲松雅只花不到十分鐘，就來到朱孝廉指定的甜點店門口。他沒在門口看到朱孝廉，不過卻在座位區看到一名疑似朱孝廉的青年。說「疑似」，是因為青年戴著鴨舌帽、口罩和墨鏡，整張臉有四分之三被以上三者遮住，活像是準備去搶銀行的匪徒。

疑似朱孝廉的青年瞧見蒲松雅，他舉起戴皮手套的手，指指桌面暗示蒲松雅過來。

蒲松雅很想假裝自己不認識對方，但在他真的這麼做之前，熟悉的笑聲飄進他的耳中。

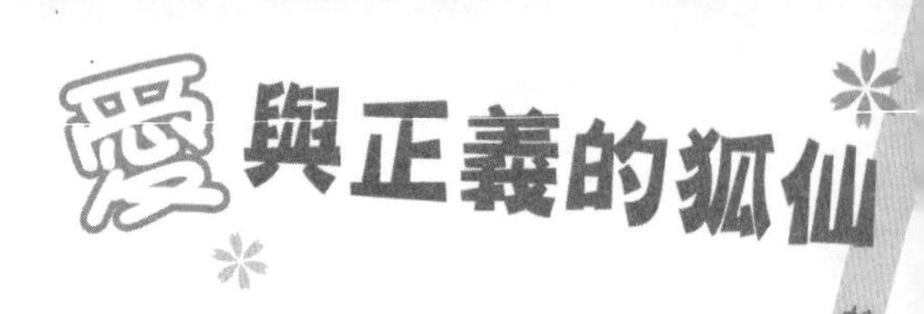

「哈哈哈！真的嗎？你太棒了，我從沒想過能這樣玩！那麼我們下次再……」

胡媚兒的笑聲從落地窗旁的位子響起，她抓著手機笑個不停，背對門口沒看見蒲松雅。

蒲松雅盯著胡媚兒的背影，緩慢的來到朱孝廉面前，坐上酒紅色的沙發椅。

朱孝廉一看到蒲松雅坐下，就立刻摘下自己的墨鏡，邊掛到對方的臉上問：「店長，你怎麼什麼都沒遮就過來了？弄不好會被小媚發現的啊！」

「……」

「店長？」朱孝廉伸手在蒲松雅眼前揮了揮。

蒲松雅猛然回神，略帶僵硬的問：「你和胡媚兒怎麼會在這裡？」

「我是跟著小媚來的。」朱孝廉指指斜前方的胡媚兒，前傾身子靠近蒲松雅道：「我本來約了人在這裡面交片子，結果在路上看見小媚和不認識的人逛街，就趕緊跟上，再聯絡店長過來。」

「聯絡我做什麼？」

「以防你和小媚的感情……」

朱孝廉做出「切斷」的手勢道：「你們吵架了吧？女孩子在吵架的時候，最容易被第三者拐走，不能不小心啊！」

「你想太多了吧?逛街只是普通的社交活動，和什麼第三者、拐人沒有絕對的關係好嗎？」

「如果是普通的對象，那我當然不會叫店長你出來，但是和小媚一起逛街的不是普通人，那個人……」

朱孝廉望了店門口一眼道：「店長快看門口，那個人回來了！」

蒲松雅偏頭瞄向門口，瞧見一名少年走進甜點店。

這名少年有一頭耀眼的金髮、明亮如翡翠的綠眼、白皙似牛奶的皮膚和洋娃娃般精緻的五官，再配上藍色系的短褲、小背心與蝴蝶結，可愛得能融化少女與熟女的心。

只是少年雖然外表出眾，卻有一個不容忽視的問題。

「孝廉，那個進來的人頂多只有十二或十三歲吧？」蒲松雅斜眼瞄著少年低聲道：「你說那麼小的孩子是第三者……你連續劇看太多了吧？國小升國一的小朋友連第二性徵都還沒發育完成，哪會去當第三者。」

「店長你把現在的小孩想得太清純了啦！這年頭的國小生，小五就交男女朋友，小六就約情敵到速食店談判，國一就在煩惱要不要獻出自己的第一次。」

「……你真的看太多連續劇了。」

「我已經很久沒看連續劇了！總之……店長你不要用那種看白痴的眼神看我，把頭轉到小媚那桌，看看小媚和那個金髮美少年的互動，你就會了解了。」

蒲松雅皺皺眉，儘管質疑朱孝廉的神智，仍把頭轉向胡媚兒的方向。

金髮美少年坐在胡媚兒的面前，他掛著燦爛的笑容聽狐仙說話，偶爾會回一、兩句話，但大多數的時間都是擔任傾聽者。

以蒲松雅的位置，他聽不見胡媚兒與少年在說什麼，可是光看兩人的表情與肢體動作，就知道他們非常享受彼此的陪伴。

「小媚現在的神態，和跟店長在一起時完全不同呢。」朱孝廉同樣望著胡媚兒那桌，靠近蒲松雅小聲道：「看他們兩個的互動，兩人的交情應該很好，不是剛認識的朋友，而是友情以上、戀人未滿的摯友。」

「你根本看不到胡媚兒的臉，哪知道她現在的神態？」

蒲松雅反駁，不過他的話剛說完，就瞧見胡媚兒轉頭攔下服務生，那張明媚的小臉上堆

滿溫暖與笑意。

「店長你看吧，你有見過小媚這麼開心的模樣嗎？」朱孝廉指著胡媚兒問。

「那傢伙吃飽喝足，在我家的沙發椅上滾來滾去時就是那模樣。」

蒲松雅冷著臉回答，他有種喉嚨被某物噎住的感覺，為了平復異樣感，他拿起玻璃杯喝了一口水。

胡媚兒那桌的餐點在蒲松雅喝水時送到，他們點了一份水果蜜糖吐司與香蕉鬆餅，蜂蜜順著吐司與鬆餅流下，紅、黃、紫、白與橘色的冰淇淋和水果丁堆疊其上，漂亮歸漂亮，但也叫人不知如何下手。

美少年主動拿起刀叉，將刀子切入水果和冰淇淋堆中，精準的將蜜糖吐司與鬆餅切割成四份，再小心翼翼的挪到胡媚兒的盤子中。

「好體貼……」朱孝廉盯著美少年的動作，以手肘撞撞蒲松雅問：「店長，你沒幫小媚分過菜吧？」

「我幫她煮過一卡車的菜。還替她清過嘔吐物、洗過身體和衣服，讓她在我家的床上地上沙發上……」

蒲松雅的話聲漸漸轉弱，他注意到朱孝廉看著自己的眼神非常奇怪，愣住一秒後，厲聲澄清：「她喝醉酒倒在我家門口啊！我不把人挪開要怎麼進家門？總不能把她放在樓梯間不管吧？」

「……」

「那隻笨狐狸每次爛醉都會嘔吐，她吐完後我總得清，清的時候不脫衣服要怎麼清乾淨？沒清乾淨的話，隔天起床那股氣味誰受得了？」

「……」

「我又沒把她全扒光，她的內衣褲我都沒碰，別用那種看禽獸的眼神看我！」

朱孝廉的目光轉為憐憫，他抬起手拍上蒲松雅的肩膀道：「店長，當一個女孩子三番兩次醉倒在你家門口，讓你上下其手多次都沒醒來時，你做了什麼就是禽獸，但什麼都沒做……那是禽獸不如啊！」

「啊？」

「小媚都暗示那麼明顯了，你居然還沒有開竅，難怪她會拋下不知情趣、粗魯暴力外加毒舌的老男人，換吃鮮嫩美味嬌俏可愛的國中生！」朱孝廉低下頭搥桌子道：「可惡！小媚

如果想換口味，為什麼不換我啊？我雖然不是國中生，但也算是鮮嫩美味、嬌俏可愛的大學生啊！」

蒲松雅鄙視的道：「你在那邊演什麼小劇場啊？胡媚兒想要什麼，就會直接伸手去拿，才不會用暗示的。」

「小媚是很爽快直接的女孩沒錯，但她畢竟還是女孩啊！有女孩子的害羞、不好意思、欲言又止，再豪爽都不可能直接伸手推倒店長啊！」

「胡媚兒嚴格說起來不算女孩……」

「喔喔，好漂亮，而且尺寸好合！」

胡媚兒突然高喊出聲，店內的客人紛紛將頭轉過去，瞧見狐仙舉著手，亮出食指上的鑽石戒指。

鑽戒的戒盒在美少年手上，他帶著微笑，看胡媚兒拉遠再拉近戴戒指的手，再拿出一條銀鍊替狐仙戴上。

「年輕、漂亮、體貼，還是個凱子！」朱孝廉的手由搭轉掐，看著蒲松雅悲痛道：「店長我幫不了你了，這麼優的對象，如果我是小媚，也會挑他不挑你。」

「你發瘋發夠了沒？我和胡媚兒不是你想的那種關係，我……」

「就算不是那種關係，但店長你喜歡小媚吧？」

朱孝廉直視蒲松雅的雙眼，罕見的認真問：「沒錯吧？我在店長身邊工作兩年，知道你不會把時間花在討厭的人身上，那怕對方是皇親國戚，但是你卻花很多時間和精力幫助小媚，這表示你是喜歡她的吧？」

蒲松雅頓住一秒，轉開視線道：「只是不討厭她而已。」

「店長的『不討厭』是一般人的『很喜歡』。」

「我的不討厭就只是不討厭。」

蒲松雅厲聲回答，眼角餘光瞄見有人靠近自己，本能的側身瞪過去，結果將甜點店店員嚇退兩步。

他愣了一秒，擠出營業用笑容道：「抱歉，請問有什麼事嗎？」

「沒有……沒事。」店員聲音緊繃的問：「只是想問客人們選好餐點了嗎？本店有限制用餐時間，太晚點餐的話可能會吃不完。」

「再給我們五分鐘，等我們選好會招手。」

「好的，那我就不打擾兩位了。」店員鞠躬後跑開。

蒲松雅鬆一口氣，回過頭剛要問朱孝廉菜單在哪時，對方已經打開粉紅色系的愛心菜單，興致勃勃的觀看裡頭的文圖。

「這個夏日派對蜜糖吐司看起來不錯呢，巧克力狂想曲和繽紛雪景也很吸引人，鬆餅類似乎也挺美味的。」

朱孝廉看著菜單頻頻點頭，望向對桌的蒲松雅問：「店長，你要吃什麼？」

「給我一杯冰紅茶就好。」蒲松雅垮著肩膀道。在和朱孝廉進行一連串考驗心臟的對話後，他感覺自己更疲倦了。

朱孝廉搖搖手道：「這間店的低消是兩百，冰紅茶才一百元，不夠啦。」

「那給我一盤鹹食和紅茶。」

「這裡有名的可是甜食，點鹹食太浪……」

「給、我、一、盤、鹹、食。」

「好好好，鹹食就鹹食，店長你要三明治、帕尼尼還是義大利麵？」

「幫我挑價位最接近兩百的。」

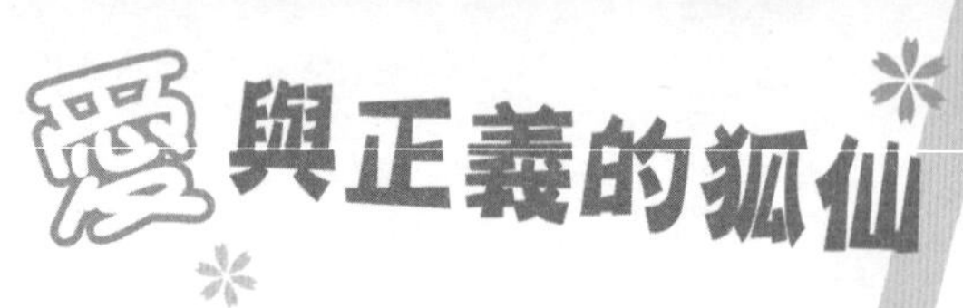

蒲松雅邊說邊趴上桌子，將點餐的工作交給朱孝廉，闔上雙眼準備小睡片刻。

▼※▲▼※▲▼※▲▼※▲

能用另一個胃裝甜點的不限於女性——這是蒲松雅和朱孝廉在甜點店度過整整兩個小時後的心得。

蒲松雅從來不知道自家工讀生是個甜食狂熱者，而且具備一個人嗑掉三份鬆餅、兩份聖代、一份蜜糖吐司的能力。

他再也不會嫌朱孝廉太胖了，以對方的糖分攝取量，只有小腹微凸根本是奇蹟。

然而，朱孝廉的甜食胃雖然深度驚人，錢包深度卻只有常人水平，他在店員送來帳單時倒抽一口氣，立刻向蒲松雅磕頭請求預支工資。

「錢不夠就別點那麼多啊！」蒲松雅邊掏信用卡付帳邊罵人。

「我看到圖就忍不住了嘛……男人是視覺動物，店長你能懂吧？」朱孝廉一臉悲痛的辯解著。

「完全不懂！」

拜朱孝廉的過量點餐之賜，兩人沒能在胡媚兒與美少年離開前吃完，只能目送兩人牽著手離去。

不過，對此感到痛心的只有朱孝廉，蒲松雅一點也不想跟在胡媚兒與陌生美少年的屁股後，偷窺兩人在哪邊幹什麼事。

是的，蒲松雅沒有一絲絲一毫毫打探胡媚兒與美少年關係的念頭，即便他在返家後半小時就來到樓上按狐仙家的門鈴，目的也絕對不是在探消息。

他只是要把狐仙忘在自己家的洋裝、襯衫、牛仔褲、T恤……等等衣物歸還，畢竟這些東西放在他家他又不能穿，被外人撞見還會引起誤會，而且花夫人和黑勇者還很愛拿衣服磨爪子。

總之，他完全是為了還衣服才上樓，至少蒲松雅是這麼說服自己的。

門很快就開了，蒲松雅隔著欄杆狀的外門瞧見胡媚兒，狐仙的臉上原本帶著笑容，但卻在認出門外之人時整個僵住。

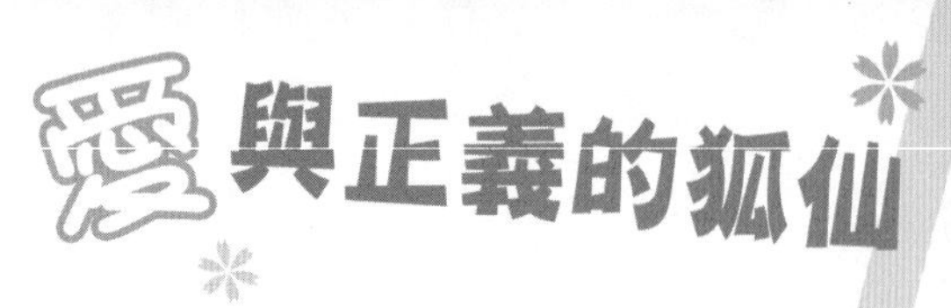

蒲松雅的眼神轉黯，舉起裝滿衣物的紙袋道：「我來還妳忘記的東西。」

「我忘記的？」

胡媚兒打開外門，從蒲松雅手中接過紙袋，隨手翻看袋子裡的衣物，驚喜的說：「啊！原來這件褲子在松雅先生那裡，難怪我找不到……喔喔喔喔我最喜歡的洋裝啊！太好了，我還以為這件洋裝被我不小心丟掉了。」

「是被妳不小心丟在我家沒錯。」

衣服物歸原主了，蒲松雅轉向樓梯口道：「東西我都交還給妳了，再見。」

胡媚兒張大眼問：「松雅先生這樣就要走了嗎？不進來喝喝茶？」

「我沒有為難或打擾人的興趣。」

「松雅先生明明很喜歡為難我。」

胡媚兒抓住蒲松雅的手臂，直接將人拖進陽臺道：「不過，請松雅先生喝茶既不是為難更不算打擾，你不用客氣。你要喝啤酒、紅酒還是白酒？」

「妳給的選項中，一個茶類都沒有吧？給我紅茶，沒有的話開水就好。」

「沒問題，我上週才買了一盒紅茶包，只要燒壺熱水馬上就有紅茶。」胡媚兒邊說邊拉

開陽臺的紗門，把蒲松雅塞進自家客廳。

「妳家沒熱水？」

「夏天我家只有冰礦泉水。松雅先生請先坐著休息，我馬上就把茶泡出來。」

「沒熱水的話，給我冷開水就……行了。」

蒲松雅的話聲轉弱，因為胡媚兒已經一溜煙鑽進廚房中。他垂下肩膀，轉身坐上靠牆的桃紅色長沙發，抬頭環顧胡媚兒的家。

兩人所住的是格局大小一模一樣的公寓，因此兩間房子的差距應該不會太大，但事實上，蒲松雅實在很難相信兩間公寓的大小是一樣的。

蒲松雅的家因為主人勤於打掃，外加要給家中毛小孩足夠的活動空間，雖沒到樣品屋的程度，但也算相當整齊乾淨。而胡媚兒的家中有許多柔美女性化的家具，諸如桃紅色沙發、心型茶几、裝飾用的絨毛布偶，但更多的是罩著白布的奇怪錐形物。

蒲松雅盯著在沙發背後、茶几前方、房間兩側、櫃子左方或右方……遍布整間屋子的白布錐形體，瞄瞄廚房確定胡媚兒沒空注意客廳後，他偷偷揭起其中一尊錐形物的布，在底下瞧見堆疊的旅行箱。

旅行箱之後是裝滿衣服的塑膠袋，以及裝在紙箱中的唱片、精裝書和服裝雜誌，還有陶瓷娃娃和球型關節人偶、抱枕棉被枕頭等寢具，甚至是未拆封的家電產品、寫有英文日文德文的零食……白布下幾乎什麼東西都有，彷彿某人將家中所有的物品丟進洗衣機，攪上三、四圈後堆成數堆。

「松雅先生，水燒開了，但是我找不到茶包，可以改泡咖……」

胡媚兒從廚房中探出頭，她瞧見蒲松雅蹲在白色錐形體前，倒抽一口氣衝出來道：「快停下來，你不能碰那個，會有危險！」

「危險？」

蒲松雅掐著白布站起來問，這個動作拉動了布，布再拉動底下堆積的雜物，一瞬間雜物堆失去平衡倒向人類。

「松雅先生！」

胡媚兒縱身撲向蒲松雅，成功將人推離崩塌範圍，但自己的手卻碰到另一尊錐形體，導致另外一場雜物山崩。

蒲松雅迎面撞上第二場山崩，他被罐頭、餅乾桶、抱枕、漫畫書……數不清也不想數的

東西砸到渾身痠痛，坐在地上好一會才爬起來。

而蒲松雅一站起來，就瞧見胡媚兒跪在地上，雙唇緊抿、雙肩微顫、一臉惶恐的盯著自己看。

蒲松雅感覺自己像是面對一隻受驚的小動物，剛冒出的惱怒一下子散開，他拉下崩塌時罩在頭上的絲巾問：「這堆眼不見為淨的白布塚是怎麼回事？對付小偷的陷阱嗎？」

「這不是陷阱，更不是對付小偷的，是我花了三天……」

「叮咚、叮咚！」

門鈴聲蓋住胡媚兒的解釋，她整個人僵住，接著猛然跳起來，用右腳將散落的物體掃回原處。

「胡媚兒，妳在做什麼？」

「恢復原狀啊！要不然我的面子就不保了。松雅先生不要光看，過來幫我把東西堆回去，拖太久的話小瓶子會起疑心！」

——小瓶子？

蒲松雅心中冒出問號，不過還是動手幫胡媚兒把雜物堆成小山、蓋上白布。

胡媚兒在白布罩好的瞬間，以驚人的速度衝向大門，打開門後對外頭的人不自然的乾笑道：「對不起，我剛剛在上廁所。」

「沒關係，是我忘記帶鑰匙。」

門外的人回答，這人的聲音聽起來像還沒變聲的孩童，可是口氣用語又相當成熟。

蒲松雅想起下午見到的金髮美少年，當時雖然沒聽到那名少年的話聲，但對方的聲音應該和門外之人差不多。

「……人比較多，所以我花了比預定多的時間排隊。」

來者果然是甜點店中的金髮美少年，他穿過紗門踏進屋中，手上提著附近速食店的大塑膠袋。

美少年在將袋子放下的同時，發現蒲松雅站在客廳之中，臉上的笑容瞬間僵住。

這是蒲松雅今天第二次看到笑臉人變僵臉人，而且兩個僵臉的成因還和自己有絕對關係，令他原本就不太美好的心情更加惡劣。

美少年似乎是察覺到蒲松雅的不悅，恢復笑臉對胡媚兒問：「媚姐，妳有客人啊？」

「那不是客人，那是松雅先生，我有向你提過他，你還有印象吧？」胡媚兒搖頭道。

「當然有，就是那位幫媚姐很多忙，住在樓下養很多貓狗的凡人。」

美少年轉向蒲松雅，微微欠身道：「你好，我是胡瓶紫，媚姐常常跟我說起松雅先生的豐功偉業，能和你見面是我的榮幸。」

「我沒有什麼豐功偉業可說。」蒲松雅沉下臉回答。

胡瓶紫的語氣、表情和肢體語言都十分恭謙有禮，但蒲松雅總有一種被人拿針連戳的不舒服感，本能的進入警戒狀態。

胡媚兒沒有感受到蒲松雅的變化，她揮揮手笑道：「松雅先生太謙虛了，你明明做了很多了不得的事，像是剿滅沒有靈力的奇怪宗教團體、從槍口下救出長期受虐的少女，還有……」

「那些事有一半不是我的功勞。」蒲松雅截斷胡媚兒的話語，手插口袋走向門口，淡淡的說道：「我要還的東西已經還了，妳沒別的事的話，我要回去了。」

「松雅先生別走啊，留下來和我們一起吃飯。」

胡媚兒打開裝滿食物的塑膠袋道：「我們買了啃爺爺的炸雞、烤雞、滷雞腿和小雞塊，還有很多很多薯條、很大杯很大杯的可樂，與新推出的巨無霸享受堡喔！」

「我對只有蛋白質、澱粉和糖水的晚餐沒有興趣。」

「這裡也有纖維啊，巨無霸堡裡有生菜、洋蔥和番茄醬。」

「番茄醬不算纖維類，然後漢堡中的蔬菜少得跟菜屑差不多，纖維量根本不夠。」蒲松雅抬起手看手錶道：「我已經待太久了，再磨蹭下去會延誤金騎士的散步時間，再見。」

「小金那邊我會去說啦！松雅先生別走，你要纖維和蔬菜的話，我可以外送叫必敗客的鮮蔬披薩給你！」

「我拒絕。」

「松雅先生別這樣啊！」

胡媚兒一把抱住蒲松雅的腰，回過頭向胡瓶紫求救：「小瓶子你也幫幫我，說服松雅先生留下來吃晚餐啊！」

胡瓶紫看看蒲松雅，再看看胡媚兒，面帶歉意道：「對不起媚姐，我能理解妳想留人下來吃飯的心情，但是松雅先生都說了，他接下來還有其他行程，我也只有買兩人份的餐，所以還是算了吧。」

蒲松雅睜大雙眼盯著胡瓶紫，他沒料到對方會幫自己說話，先是感到驚奇，接著再燃起

一股無名火。

沒錯，胡瓶紫的聲援沒讓蒲松雅覺得感激，反而令他突然不高興起來，如此不正常的反應讓他非常驚訝。

他是近乎本能的厭惡胡瓶紫，然而以對方禮貌得體的表現，怎麼想都不是會引起蒲松雅不快的類型。

——這是怎麼回事？

蒲松雅問自己，而在想出個所以然之前，胡媚兒突然抓住他的手，打斷了他的思考。

「松雅先生不要走！」

胡媚兒死死扒住蒲松雅的手臂，抬起頭可憐兮兮道：「小金的事交給我，我會好好向牠解釋散步遲到的原因，用很貴的罐頭補償牠。至於晚餐的分量……松雅先生的食量那麼小，我少喝兩杯大杯可樂、少吃三個漢堡和四塊雞塊就夠了。」

胡瓶紫在一旁搖手道：「媚姐，不要強求別人做不願意的事比較好喔！再說媚姐只要沒吃飽，晚上不都會睡不著嗎？」

「少吃一點點的話沒關係！」

胡媚兒望向蒲松雅，搖晃對方的手臂呼喊：「松雅先生，留下來和我們一起吃晚餐，來啦來啦來啦來啦！」

蒲松雅被狐仙晃得差點失去平衡，他使出全身力氣搶回自己的手，後退兩步看著胡媚兒與胡瓶紫。

胡媚兒淚眼汪汪的回望蒲松雅，雙手交握恍若祈禱；胡瓶紫則是錯開目光，低下頭動手將餐點從袋子中拿出。

蒲松雅閉上雙眼，沉默片刻後嘆氣道：「我還在想為什麼我帶金騎士去做健康檢查時，牠的體重怎麼會增加快三公斤，原來凶手是妳啊。」

「欸，小金有變胖？我送牠的罐頭明明是低卡罐頭。」

「加工食品的低卡都是騙人的。」

蒲松雅輕戳胡媚兒的眉心道：「然後妳為什麼會覺得，我一個人能吃掉兩杯大杯可樂、三個漢堡和四塊雞塊啊？一般人光一杯可樂加一份漢堡就差不多了，妳對普通人類的食量到底有什麼誤會？」

「我是希望松雅先生吃多一點，這樣抱起來比較有肉嘛。」

「我就算長肉，也不是長給妳抱的。」

蒲松雅由戳轉彈，雙手扠腰俯視胡媚兒道：「最後，就算不管食量或金騎士好了，我剛剛不是說了嗎？我對只有肉和肉和肉的晚餐沒有興趣。」

胡媚兒縮起肩膀，壓著額頭萬般失望的問：「所以……松雅先生不和我們一起吃晚餐，是這個意思嗎？」

「……不是。」

「難得松雅先生主動來找……什麼！」

胡媚兒尖叫，一旁的胡瓶紫也停止清理桌面的動作，兩人雙雙瞪著蒲松雅，無言的要求解釋。

「你們先吃，我回我家炒一盤菜、煮一鍋湯再上來，這樣就有菜又有湯了。」

蒲松雅拍拍胡媚兒的頭，走向陽臺打開鐵門，而在他跨出胡媚兒家門的那刻，客廳內爆出狐仙激動的嚎叫聲。

蒲松雅在半個多小時後回來，他帶著一盤高麗菜與一鍋什錦蔬菜湯，一開門就受到胡媚

兒的熱情擁抱，差點將熱湯打翻。好在胡瓶紫馬上過來將胡媚兒拉開，並且接手蒲松雅提來的鐵鍋和高麗菜，將兩者放到雞塊和漢堡堆旁。

三人沒有在餐廳，而是在客廳圍著茶几用餐，而當蒲松雅問起為什麼不去餐桌時，胡媚兒愣了一會，回答她忘記餐桌是空著的。

他們邊吃晚餐邊聊天，不過嚴格說起來，說話的主要是胡媚兒或胡瓶紫，蒲松雅則是完全呈現寂靜狀態。

蒲松雅本來就是慢熱又怕生的人，再加上他對胡瓶紫抱持戒心，因此變得更加沉默。拜此之賜，三人的晚餐只有兩個人的聲音，且談的也只是這兩人的事。

「我接到小瓶子的簡訊時，嚇到差點撞到棚燈呢！突然間就跟我說你三天後要來臺灣，我一點心理準備都沒有。」

「媚姐不歡迎我嗎？」

「怎麼會！我高興都來不及了，我本來以為下次見面至少要十年後，沒想到才兩年就又能一起玩了。」

「我也是，若不是客戶臨時抽單，我也沒空來拜訪媚姐。」

「我們兩個的運氣真好！」胡媚兒欣喜的拍手。

「是啊。只是我這次來得太匆忙，來不及安排住所，還要麻煩媚姐分一間空房給我。」

「別在意、別在意，我們是什麼關係的人，別說是空房間或空床，就算是內衣內褲我都能分給小瓶子呦！」

「我已經不是能穿媚姐衣服，或是和媚姐一起睡的年紀了啊……」胡瓶紫苦笑回答，抽出一張衛生紙遞給胡媚兒。

胡媚兒看都不看就接下紙巾，以紙巾拿起炸雞腿，一面啃雞肉，一面含含糊糊的延續與胡瓶紫的話題。

蒲松雅端著可樂注視胡媚兒與胡瓶紫，透過兩人交談的內容，他知道胡瓶紫在法國生活，職業是珠寶設計師，在赴法國進修前就認識胡媚兒。

外表美麗、個性體貼、職業收入高，還比蒲松雅早認識與了解胡媚兒，沒有比胡瓶紫更難纏的情……

「啪！」

胡媚兒聽見響聲，一轉頭就瞧見蒲松雅舉著右手，偏白的臉上多了一個五爪印。她跳起來大喊：「松松松雅先生，你剛剛呼自己巴掌嗎？為什麼要這麼做？」

「讓自己清醒。」蒲松雅回答，他用剛剛那一掌將不切實際的幻想拍出腦袋。情敵、第三者、移情別戀、換個口味什麼的，只是朱孝廉的妄想，他怎麼可以隨便隨之起舞！

「清醒？松雅先生本來就是醒著啊，為什麼還要……啊！」

胡媚兒看見胡瓶紫的臉頰上有番茄醬，她想也不想就靠過去，伸出舌頭將番茄醬舔掉。

蒲松雅聽見飲料濺出的聲音，隔了兩秒才意識到是自己鬆開手，導致手裡的可樂落地。

落地聲引來胡媚兒與胡瓶紫的視線，兩人先是默契十足的同時吸氣，再抓起餐巾紙撲向可樂海。

蒲松雅盯著兩人，沒有加入阻止可樂蔓延的工作，反而一把勾住胡媚兒的手臂，把人拉起來往後頭拖。

「松、松雅先生，你要做什麼？可樂還沒……」

「可樂不重要！」

蒲松雅把胡媚兒塞進廁所，關門上鎖再轉身面對狐仙，微微抖著嗓音問：「我不管外面那個人是哪國人，然後你們又認識多久，但拜託妳注意一下，根據中華民國法律，對未滿十

的有期徒刑。」

「就是……那個妳知道的，那個弄不好可是一年以上七年以下，甚至三年以上十年以下

四歲的孩子出手是犯法的！」

「出手？」胡媚兒歪頭問。

胡媚兒深深皺眉，凝視蒲松雅好一會才大笑道：「什麼啊，松雅先生是擔心我動手打小瓶子，被人類的捕快抓走嗎？我疼愛小瓶子都來不及了，怎麼會打他呢！」

「才不是！妳說的是傷害罪，普通傷害罪處三年以下有期徒刑、拘役或一千元以下罰金，重傷罪處五年以上十二年以下有期徒刑。」

「哇，松雅先生對人類的法條好熟。」

「因為前陣子有個法律系的學生把刑法講義忘在店裡，我那天太無聊就拿來看了。那不是重點，重點是……」蒲松雅停頓幾秒，見胡媚兒沒有開竅的跡象，只能自己開口道：「是誘拐罪，以及與未滿十四歲之男女性交罪啊！」

「我為什麼要誘拐、與不滿十四歲的男女性交？」

「因為妳就在做這兩件……至少是其中一件事。」

「啊？」

——這隻遲鈍到天邊的笨狐狸！

蒲松雅的臉上浮現青筋，指著門板大喊：「妳和外面那個不滿十三歲的珠寶設計師不是在交往嗎！」

胡媚兒瞪大雙眼，注視蒲松雅片刻，噗哧一聲大笑起來。

這令蒲松雅的情緒更加惡劣，他正想掐狐仙的臉要對方閉嘴時，廁所的門忽然打開，露出胡瓶紫的臉。

胡瓶紫靠在門邊一臉擔憂的問：「媚姐、松雅先生，你們在吵架嗎？」

蒲松雅瞪著胡瓶紫問：「我明明有把門上鎖，你是怎麼打開的？」

「廁所的鎖用硬幣就能轉開了啦。」胡媚兒輕鬆的解釋，將胡瓶紫拉進廁所道：「小瓶子我跟你說，松雅先生以為我們在交往喔。」

「真的？」胡瓶紫雙眼圓睜。

「真的、真的，他還擔心我誘拐你或犯下未成年性交罪，你說好笑不好笑！」

「別當著當事人的面，問別人『這人可不可笑！』」蒲松雅用手指彈胡媚兒的額頭，滿腦子問號的持續追問：「這是怎麼回事？你們不是男女朋友嗎？」

「怎麼可能是啊！」

胡媚兒大笑，挽起胡瓶紫的手臂道：「容我重新介紹一次，我旁邊這位是胡瓶紫，他是旅居法國的珠寶設計師，也是我的小師弟──他和我一樣師承荷湘仙子，是道行一百七十年的狐仙。」

「……妳說什麼！」

「小瓶子（媚姐）是我的師弟（師姐）。」胡媚兒與胡瓶紫同聲回答。

蒲松雅整個人僵住，後退兩步混亂的問：「等一下，如果你們只是同門，妳剛剛為什麼會舔他？」

「只是習慣動作啦！就像小金舔松雅先生、小黑小花互舔一樣，我一時忘記自己還是人形，就舔下去啦。」

「那妳說你們是穿同一件衣服、睡同一張床，這又是……」

「省錢啊，我們荷湘洞的道袍都是師兄姐傳師弟妹，然後睡覺也是睡通鋪。」

「那、那他送妳首飾這件事呢？你們荷湘洞人見面時的見面禮，都是珠寶手鍊嗎？」

「哪有可能啊！那只是因為小瓶子是珠寶設計師，我也會送師兄姐我的寫真集啊。」

蒲松雅的嘴角抽動，瞪著胡媚兒與胡瓶紫片刻，猛然伸手把人推出廁所。

「咦？」

「松雅先生你做什麼！」

蒲松雅用力甩上廁所的門，按下，再緊握喇叭鎖，把額頭抵在青磁磚上。

他好想把自己塞進馬桶裡沖掉，非常、非常、非常的想！

第二章

魔法少年的書店實習日

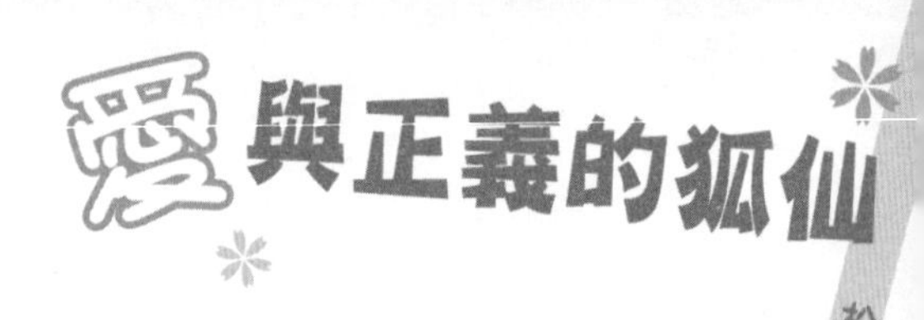

蒲松雅在廁所裡待了將近半小時，直到臉上的紅暈與羞恥感退去，才打開門走出來。

而要說蒲松雅惱羞成怒也好，自找苦吃也罷，他在離開廁所後，一把掀起最靠近自己的白色錐形體，將胡媚兒死命隱瞞的東西曝露出來。

「松松松松雅先生你在做什麼！」

「妳以為把東西堆成山，再罩上一塊大白布就叫整理屋子了嗎？」蒲松雅握著布大吼，指著胡媚兒的鼻子道：「妳把自己的師弟當白痴嗎？只要把雜物藏起來放角落，就能騙對方自己家裡乾淨又整齊？」

「我家、我家當然乾淨又……」

「妳家不乾淨、不整齊！」

蒲松雅截斷胡媚兒的話，同時拉下左邊與右邊的白布，他站在三座雜物山之間，一面捲袖子、一面道：「把妳家所有的收納容器都搬出來，我讓妳看看什麼才是人類標準的『乾淨又整齊』！」

蒲松雅為了實現自己的宣告，花了五、六個小時將雜物堆拆解與分類，再按類別放進櫃子、抽屜或箱子中，忙到凌晨兩點快三點才返家。

▼※▲▼※▲▼※▲▼※▲

蒲松雅三點進家門，四點洗好澡並處理完毛小孩的事後便倒上床，人才剛沾上床鋪，眼睛就自動闔上，再次睜眼時居然已經七點了。他從床鋪上彈起來，匆匆忙忙的刷牙洗臉換衣服，抓著同樣昏昏欲睡的金騎士直衝秋墳書店。

蒲松雅在開門前五分鐘到達店門口，但這並沒有讓他鬆一口氣，因為已經有人在店前微笑的等待他。

蒲松雅稀少的人類朋友之一，以資源回收維生的觀老太太正站在書店前，和空蕩蕩的推車一起迎接年輕友人。

今天是觀老太太來拿回收物的日子，蒲松雅不只忘了這件事，還睡過頭讓老人家在門口曬太陽。他趕緊將鑰匙插入大門內，邊開門邊道：「抱歉觀太太，我今天睡過頭，等我一下，我馬上把回收物拿出來。」

觀老太太微笑道：「不急，蒲先生慢慢來就好。」

「我會儘快拿給妳。」

蒲松雅三步併作兩步跑到回收區，拿起前天打包好的雜誌、報紙和瓶罐，放到觀老太太的手推車上。

當蒲松雅放下物品直起腰桿時，臉部正巧面對太陽升起的方向，刺眼的陽光令他的腦袋湧起暈眩感，整個人失去平衡往前跌。

觀老太太趕緊拉住蒲松雅，拿出手帕替對方擦汗道：「蒲先生你還好嗎?要不要回家躺一躺？」

「我沒事，只是這陣子都沒睡好，昨天又熬夜到半夜三點，有點睏而已。」蒲松雅拍拍自己的臉道：「坐下來休息一下就沒事了，妳不用擔心。」

觀老太太微微皺眉，轉身從側背包中拿出一個牛皮紙袋，遞給蒲松雅道：「這是我在路上偶然拾獲的物品，請蒲先生收下。」

「這是什麼？」蒲松雅接下紙袋問。

「蒲先生曾經遺失的物品。」

「什麼物品？」

觀老太太沒有回答，她笑了笑，握住推車的推桿，前進幾步再停下來回頭道：「蒲先生，接下來會發生許多艱難之事，但是請不用擔心，只要你不放棄，一切都會好轉。」

蒲松雅愣住，還沒開口問觀老太太是什麼意思，就瞧見有熟客在巷口張望，他趕緊進店做開店準備。

他晚了快十分鐘才將大門掛牌從「休息」轉至「營業中」，好在早晨造訪秋墳書店的全是老顧客，這些叔叔阿姨並不在意多等幾分鐘，反而比較關切店長的臉色，還有為什麼會睡過頭。

某方面而言，蒲松雅寧願他們關心流逝的時間，而不要圍繞著自己挖八卦。

蒲松雅在開店後半小時，才終於將長輩們的人和心都安置在座位區，回到櫃檯後坐下來喘口氣。

他懶洋洋的掃視櫃檯，在角落看到牛皮紙袋，這才想起來自己還沒看袋子裡放了什麼。

他拿起牛皮紙袋，紙袋拿起來有點沉，袋身因為內容物而鼓成四方形。

書？還是畫冊？蒲松雅邊摸邊猜測，翻出刀片割開紙袋的封口，正要將袋中物拿出來時，店門突然被人一把撞開。

「店長長長——」

朱孝廉抓著一疊紙疾奔至櫃檯，將紙拍上檯面道：「我查到昨天那個金髮美少年的身分了，他是去年在法國拿下珠寶設計大獎的新銳設計師，人稱『金雕王子』的胡瓶紫！」

「我知道，他是胡媚兒的師弟。」

「他在法國非常受歡迎，設計的珠寶被時尚雜誌評價為『完美圈住女人的心』，而且除了設計珠寶外，還拍過電視廣告與雜誌封面，是個非常強大的情敵啊！」

「他是胡媚兒的師弟。」

「不過沒關係，我已經調查到他害怕的……店長你說他是小媚的什麼！」

「師弟。」蒲松雅以單手支著頭，厭煩的瞪向朱孝廉問：「我都說兩次了，你沒在聽我說話嗎？」

「我急著向店長報告，所以沒有聽見。你怎麼知道他是小媚的師弟？」

「我昨天去胡媚兒家時，她和那個金毛小鬼親口跟我說的。」

「店長你昨天去找小媚？」

「有啊，在和你分開之後，我就……」蒲松雅猛然閉嘴，他察覺到自己的失言，立刻澄

清道：「我只是把胡媚兒忘在我家的衣服送回去，不是去找她探消息。」

「好好好，我知道店長你不是。店長你終於不是只有『傲』，也展現出『嬌』的一面了！」朱孝廉一副「我了」的表情。

「嬌你媽啦！」

蒲松雅拿牛皮紙袋拍朱孝廉，雙手抱胸不耐煩的問：「你到店裡來做什麼的？如果是來說那個金毛小鬼的事，我早就全都知道了，你可以回去了。」

「別講得我只是來說八卦一樣啊，我是來關心店長，然後……」

「看能不能意外遇見胡媚兒？」

蒲松雅說出朱孝廉的心裡話，低下頭揮揮手道：「如果是的話，你還是早點回家睡覺吧，胡媚兒這一週都忙著陪師弟玩，不會到店裡。」

朱孝廉雙眼瞪大，身體搖晃兩下跪倒在地。

蒲松雅嚇一跳道：「你的反應也太誇張了吧？只不過是沒辦法在店內碰到胡媚兒，你如果真的很想見她，直接去她家找她不就好了？」

「我又不知道小媚住在哪。」

「你不知道胡媚兒住哪裡？」蒲松雅的聲音飆高。

朱孝廉撇開頭道：「小媚沒跟我講，我當然不知道！」

「沒講你不會問嗎？她住在我家樓上，再說，我們每次都約在公寓樓下集合，你用想的也該知道她跟我住同一棟樓吧？」

「我問過，小媚本來說要寫給我，但是她一直忘記。至於集合地點……我以為那是因為小媚前一天到店長家過夜，所以才約在那裡。」

「她是有在我家過夜過，但我們約見面的那幾次都沒有。胡媚兒……胡媚兒！」

蒲松雅驚訝的看著前方，胡媚兒與胡瓶紫不知何時站在櫃檯前。

朱孝廉從地上彈起來，面向胡媚兒驚喜道：「小媚妳終於來店裡了！這一個禮拜妳過得好嗎？我已經開始放暑假了，有很多時間可以帶妳……」

胡媚兒交叉雙手，笑著說道：「對不起啊孝廉，我只是來找松雅先生的，而且找完就要馬上離開了。」

「噗啊！」朱孝廉發出奇怪的哀鳴聲，轉身趴在櫃檯上一下一下抽搐。

蒲松雅將極度失望的工讀生推到一邊，望著胡媚兒問：「妳找我有什麼事？」

胡媚兒深吸一口氣，雙手合十，九十度鞠躬道：「松雅先生，請你替我陪小瓶子一天！」

「……啊？」

「我臨時接到通知，上禮拜拍的服裝型錄的照片檔壞了，得緊急回攝影棚補拍，這段期間我想把小瓶子放在秋墳書店，請你幫我照顧他。」

「妳師弟都一百……」

蒲松雅瞄到朱孝廉的後腦勺，緊急改變用字道：「妳師弟都能一個人在法國生活了，不需要找個人陪或照顧他吧？」

「嚴格說起來也不是照顧，是……是學習，沒錯是學習！小瓶子很想知道書店店員的工作，而且也想更了解松雅先生，所以想在秋墳書店見習一天。」

「這和妳一開始的說法也差太遠了，扯謊前請先擬好劇本好嗎？」

「我不是在扯謊啦！我是真的有臨時工作，小瓶子也真的很好奇松雅先生平常在做什麼，對吧？」胡媚兒轉向胡瓶紫。

胡瓶紫點頭道：「媚姐沒有說謊，是我主動請求媚姐帶我來這裡，我想向松雅先生學習收納、清潔與觀察人的技巧。」

胡瓶紫的口氣十分誠懇，臉上掛著陽光般明亮的笑容，可是蒲松雅卻反而有被人隱晦諷刺的感覺，讓他蹙起眉頭稍稍拉遠與對方的距離。

胡媚兒沒發現這點，她低頭瞄了手錶一眼，倒抽一口氣道：「糟糕，再不走我會遲到。松雅先生，小瓶子就拜託你了。」

「等一下，我還沒答……」

「我一完成工作就會過來接他，松雅先生再見。」

「別說再見，給我回來啊！」

蒲松雅站起來大喊，可惜胡媚兒早已奔出書店，他只能翻白眼坐回位子上。

他在坐下時和胡瓶紫對上視線，盯著美貌的珠寶設計師片刻，他垮下肩膀低聲道：「請你到座位區等胡媚兒回來，想看書或喝飲料的話不用客氣，我會把帳記在她頭上。」

「我不是來當客人，我是來實習書店……」

「我沒有餘力帶新人。」蒲松雅打斷胡瓶紫道：「今天店裡只有我一個人，抽不出人手教你，你如果好奇書店的工作，那就自己找張椅子坐下，自己用眼睛慢慢看。」

「我可以教小瓶子！」

朱孝廉舉手插話，他站到胡瓶紫身邊，拍拍自己的胸口道：「我在店裡工作了兩年，熟知店內各項業務的流程，以及店長的地雷、死穴和個性彆扭之處，可以給小瓶子最徹底的教育訓練。」

「你確定你知道我的地雷和死穴嗎？」

蒲松雅在反問同時，第二次拿牛皮紙袋拍朱孝廉，他勾勾手指要對方進櫃檯，把人拉到遠離胡瓶紫的角落低聲問：「你在打什麼主意？我印象中的朱孝廉，可不是會犧牲自己的假日無酬帶新人的人，更別說這個新人還是男人不是女人。」

「我不介意店長你給我加班費。」

朱孝廉話一說完，就接到蒲松雅的眼刀，他趕緊搖手道：「好了、好了，我不亂說話，我認真回答！我只是想小瓶子的年紀那麼小，又從那麼遠的地方飛過來，不忍心讓他失望，所以才自告奮勇說要教他。」

「不是因為他的第二性徵還沒出來，看起來像個漂亮的女孩嗎？」

「這也是原因之一，但不是主因，真的，我發誓！」

蒲松雅直覺認為朱孝廉在說謊，但就算工讀生講謊話，那也只是無關緊要的謊話。

他走回椅子邊，坐下，拿起今日的報紙道：「孝廉，胡媚兒的師弟就交給你了，好好帶人家，別亂教東西。」

「我會以二十萬分力氣帶小瓶子的！」

朱孝廉喜孜孜的跑出櫃檯，朝胡瓶紫伸出手道：「我是朱孝廉，叫我孝廉哥就好。我目前就讀西吳大學日文系，是秋墳書店唯一的工讀生、在這裡生活二十年的地頭蛇，有什麼問儘管問我。」

胡瓶紫握住朱孝廉的手，和善的微笑道：「孝廉哥好，我是胡瓶紫，今天是第一次嘗試店員的工作，還請前輩多多指教。」

朱孝廉頭一次聽到有人尊敬的喊自己前輩，心中瞬間綻放數十萬朵花，他用力回握胡瓶紫道：「交給我吧，我一定會讓你摸透秋墳書店的運作方式，告訴你所有的營運秘密。」

「你敢告訴他營運秘密，我就開除你。」蒲松雅冷著臉道。

「我是開玩笑的啦！」朱孝廉揮揮手，極其自然的望向胡瓶紫問：「小瓶子，店長說你是小媚的師弟，所以你也是那個嗎？」

「那個？」胡瓶紫問。

「魔法少女啊！」朱孝廉道。

蒲松雅瞬間被自己的口水噎到，他在告訴朱孝廉關於胡瓶紫與胡媚兒的關係時，忘記在工讀生的認知中，胡媚兒不是狐仙，而是魔法少女。

話說回來，這傢伙明明見過胡媚兒露出狐狸耳朵、揮舞著粗棒子大殺四方，為什麼還會認為對方是魔法少女？

「小媚是獸耳系魔法少女喔！」

朱孝廉將手放在頭上，模仿狐狸的尖耳道：「我看過一次，變身後的小媚超級可愛，唯一的遺憾是她沒換衣服，我一直很想看她穿迷你裙。」

——朱孝廉你沒救了。

蒲松雅在心中嘆氣，合起報紙打算強行終止這個危險又愚蠢的話題。

然而，在蒲松雅出聲前，胡瓶紫先一步開口。

「沒錯，我也是魔法少女。」胡瓶紫爽快的點頭，上前一步靠近朱孝廉微笑道：「不過我和媚姐不一樣，我不是『少女』，是『少年』喔！」

朱孝廉被胡瓶紫的甜笑正面直擊，腦袋空白了五、六秒才乾笑道：「說、說得也是啊，

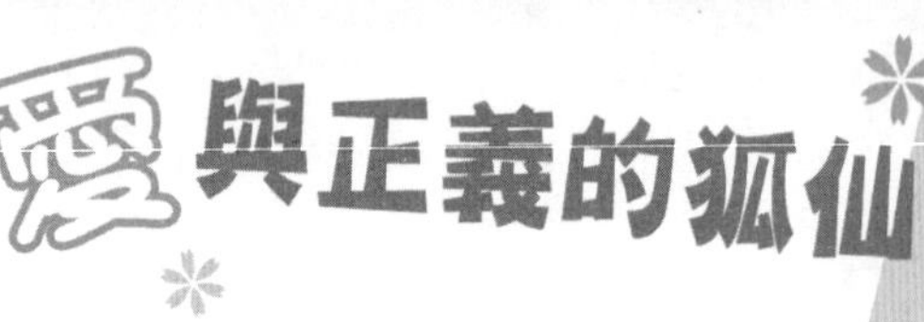

小瓶子是少年……就算是少年我也可……啊不，我是說，小瓶子可愛得看不出是少年呢！」

胡瓶紫挑起單眉道：「一般男性如果被人說可愛，並不會高興，反而會生氣喔。」

「欸欸！但是小瓶子真的好可愛……我是說帥氣！我沒有惡意，我、我只是內心有點動搖……」朱孝廉抓頭乾笑，彎腰靠近胡瓶紫問：「對了小瓶子，你住在法國，所以是負責法國的魔法少……少年嗎？」

「我還是實習生，所以還沒有分配到負責的區域。」

「那小媚呢？我們這區肯定是她負責吧。」

「媚姐是這區的魔法少女，但不是本區的負責人。本區的負責人……我們這邊應該是荷狐洞君大人。」

「荷狐洞君？」

「他是很資深的魔法少女，也是我和小媚的師伯。」

朱孝廉在聽見「師伯」兩個字時，臉上的笑容驟然消失，取而代之的是深深的驚恐。

蒲松雅沒漏看自家工讀生的變化，皺皺眉探頭問：「孝廉，胡媚兒的師伯有什……」

「我我我我什麼都不知道！而且也什麼都沒聽到！」朱孝廉尖銳的大喊，轉身抓起胡瓶

紫的手道：「我們、我們已經浪費太多時間了，得快點投入新人訓練！」

蒲松雅愣住問：「沒必要那麼急吧？那個師伯……」

「上工吧小瓶子，動作太慢的話，店長是不會原諒我們的！」

朱孝廉扭頭往座位區跑，不給蒲松雅任何攔阻或抗議的機會。

蒲松雅目送兩人離去。朱孝廉怪異的反應讓他有點擔心，正考慮著要不要把人抓回櫃檯、換自己去帶胡瓶紫時，一名客人抱著七、八本書到櫃檯前，讓他只能將心思轉到工作上。

這一轉，就是整整一個半小時。這段期間秋墳書店一反過去的清閒，老顧客突然都找不到自己想要的書，沒見過的新面孔一個一個冒出來，打翻飲料與零食的頻率暴增，令蒲松雅疲於奔命。

蒲松雅忙到快十一點才坐下來，倒水給自己潤潤喉、請熟客幫忙看一下店後，他離開櫃檯去看看朱孝廉與胡瓶紫在哪裡。

蒲松雅沒在座位區和書櫃區看到人，而員工休息室和廁所也空空如也，他走向店面右側的倉庫，一打開門就聽見朱孝廉的話聲。

兩人背對著蒲松雅站在倉庫的角落，一個人拿抹布，另一個人拎著清潔劑，四隻眼睛盯著置於面前鐵架上的物品——一朵放置於赤金羅盤上的琉璃粉荷。

蒲松雅隔著鐵架瞄到琉璃粉荷，意識到兩人想動手擦拭琉璃，立刻快步走過去道：「停下來，那個不能碰！」

「店長！」

朱孝廉嚇了一跳，回身看見蒲松雅面色凝重的衝過來，立刻擺出投降手勢道：「我沒碰！我沒碰任何不該碰的東西，你看我的手、我的臉和我的心就知道！」

「我知道你們還沒碰。」蒲松雅扣住朱孝廉和胡瓶紫的肩膀，將兩人拉離琉璃荷花，解釋道：「老闆有交代過，店內的四座『八卦琉璃荷』不管是誰都不能動，如果遇到非得碰觸的狀況，必須先取得他的同意再動。」

「為什麼不能動？」胡瓶紫問。

「我不知道，老闆沒講，但這是他極少數板著臉交代的事，所以最好照做。」蒲松雅說著，將倉庫掃視一輪道：「你們已經把倉庫都打掃乾淨了吧？」

「還有一個櫃子沒擦。」朱孝廉回答。

「把櫃子擦完後到櫃檯來接我的位子，我要出去買午……」

蒲松雅的話聲轉弱，他在朱孝廉臉上看見滿滿的期待，停頓幾秒後，垮下肩膀道：「好啦，我會買你的分，但是別妄想我會給你薪水，今天是你自己自願當義工，我可沒叫你來上班。」

朱孝廉笑著點頭道：「當然、當然，我怎麼會討薪水呢?店長，我午餐要吃摩斯漢堡的雙人分享餐。」

「……我會買自助餐的六十元特價便當給你。」

「店長你好小氣！」

「你今天才知道嗎？」蒲松雅反問，轉過身朝門口走去道：「快點收一收出來，如果你們能在五分鐘內到櫃檯接我的班，我就加一杯珍珠奶茶。」

「特大杯的嗎？」朱孝廉問。

「當然是小杯的。」蒲松雅回答，踏出再關上倉庫的門。

「店長真的很小氣……」

朱孝廉看著木門關上，回頭想叫胡瓶紫直接放棄櫃子離開倉庫，卻瞧見對方拿著抹布擦琉璃荷花。

「哇啊！」朱孝廉緊急閉嘴，以免自己的尖叫聲將引來蒲松雅，他抓住胡瓶紫的右手，小聲道：「小瓶子！店長不是說不能碰嗎？你這樣擦下去，萬一被發現，店長和老闆會殺了我們啊！」

「不要被發現就好了啊。」胡瓶紫鬆開右手，改以左手拿抹布，繼續擦拭琉璃荷花，「而且我們都已經擦過三朵花了，再擦一朵也無所謂吧。」

「是無所謂沒錯，可是……」

朱孝廉停頓幾秒，搭上胡瓶紫的肩膀，萬般嚴肅的道：「我不會把這件事講出去，所以你也絕對別透露半個字，要不然店長和老闆絕對不會放過我們。」

「我不會告訴任何人，哪怕是媚姐問也一樣。」

「我也是，我連我媽我爸我未來的老婆都不會講。」

朱孝廉拿起腳邊的水桶，轉身走向門口道：「剩下的部分就別擦了，快點出去讓店長請飲料吧。」

胡瓶紫收回抹布，他跟著朱孝廉走出倉庫，玫瑰色的嘴脣上揚幾分，再迅速恢復原本的

弧度。

朱孝廉與胡瓶紫趕在時限前十秒完成工作，衝到櫃檯前按下看不見的計時鈴。

蒲松雅依照約定，拎著三杯珍珠奶茶與三盒加蛋特價便當，在夏日烈陽的陪伴下返回秋墳書店，迎接他的只有金騎士的吠聲與熱情的搖尾，至於朱孝廉與胡瓶紫兩人連一步都沒移動，自始至終都釘在櫃檯內。

蒲松雅輕撫愛犬的頭，看向櫃檯正要喊兩人過來領便當時，赫然發現朱孝廉與胡瓶紫手裡拿著一本萬分眼熟的書。

那是一本微微泛黃的精裝藍皮書，書的封面上有燙金的校徽，以及由行書體書寫的「私立泝閣高中第十三屆畢業生畢業紀念冊」。

他的肌肉猛然收緊，跨大步來到櫃檯前，一手放下食物與飲料，一手抽走畢業紀念冊。

朱孝廉嚇了一大跳，抬頭仰望蒲松雅道：「哇啊——店長！你什麼時候回來的？有買到

分享餐嗎？」

「我從來沒說過自己要買分享餐。你從哪拿到這本畢業紀念冊？」蒲松雅鐵青著臉問，他不動聲色的確認紀念冊翻到哪頁——冊子停在六班的大頭照，懸在空中的心下降半分。

「從櫃檯上啊！我和小瓶子在清桌面的時候，看到一個沒見過的牛皮紙袋，打開後發現畢業紀念冊。」朱孝廉伸出手想搶回畢業紀念冊：「店長，我和小瓶子才看到一半，還我們啦！」

蒲松雅舉高畢業紀念冊，躲開朱孝廉的手道：「不過是高中生的畢業紀念冊，有什麼好看的。」

「一般高中生的畢業紀念冊很無聊，但是這本很有趣啊，有漫畫形式、角色扮演、大富翁地圖遊戲，比我自己學校的畢業紀念冊好看好幾倍。」

「再有趣、再好看，這本書都不是你的，是別人遺留下來的書，未經許可擅自翻閱很沒禮貌。」

「別讓擁有者發現就……」

「啊，上面有個人長得很像松雅先生！」胡瓶紫指著大頭照高喊。

蒲松雅猛然僵住，仰頭注視畢業紀念冊，冊子翻開的頁面是六班的學生名冊，不是七班也不是九班，胡瓶紫不可能看到……

「搶到啦！」

朱孝廉趁蒲松雅動搖時，踏上櫃檯搶下對方手中的畢業紀念冊，洋洋得意的將冊子交給胡瓶紫，再和美少年擊掌大笑。

蒲松雅驚覺自己被這兩人聯手耍了，臉色一下子從鐵青變成黑青，抓起櫃檯上的報紙，捲起來直接捅進朱孝廉的嘴裡。

「嗚、嗚嗚！」朱孝廉握住報紙捲哀號。

「別把紙吞進去，我不會幫你叫救護車。」蒲松雅指著朱孝廉的鼻子警告，再轉向胡瓶紫厲聲道：「還我。」

胡瓶紫沒有回應蒲松雅的要求，他拿著翻開的畢業紀念冊，翻轉冊子勾起嘴角道：「我剛剛只是想轉移松雅先生的注意力，才扯謊說裡頭有長得像你的人，沒想到我說的不是謊話，是實情呢。」

「實情？」

朱孝廉吐掉報紙捲，從胡瓶紫手中拿走畢業紀念冊，盯著七班的畢業生大頭照道：「真的有！雖然眼神、表情和店長差很多，但是五官輪廓一模一樣，名字是……蒲松芳，連名字都好像！店長，這是你的親戚嗎？」

「……是我弟弟。」

「店長居然有弟弟！我第一次聽說呢，不過既然這本是第十三屆畢業生的，那麼……店長你是汴閣的第十二屆還是第十一屆畢業生？」

「我也是第十三屆。我和我弟是雙胞胎，出生時間只差一分鐘。」

蒲松雅握住畢業紀念冊，面無表情的道：「好了，把冊子還給我，同時將你的鞋子從櫃檯上挪開。」

「我可不可以挪開鞋子但不還……」

「你想體驗一下被報紙噎死的感覺嗎？我不介意幫你打一一九。」

蒲松雅瞪著朱孝廉問，不費吹灰之力就讓工讀生交還畢業紀念冊。

他拿起櫃檯上的牛皮紙袋，本想儘快將畢業紀念冊裝進去封起來，卻在封口前止住動作，將紀念冊從袋子中拿出來。

蒲松雅翻到七班的頁面，在整齊排列的大頭照中找到與自己相同，但是更有活力也更迷人的面容。他緩慢的將指尖放到那張臉邊，再往下滑至「蒲松芳」三個字之上，一個字一個字摸過去。

蒲松雅想都沒想過，牛皮紙袋中裝的會是自己那屆的畢業紀念冊，他的紀念冊早在匆忙搬家時就搞丟了，而手中這本並不是當初遺失的那本，上頭沒有其他同學留下的簽名，更不見弟弟隨意畫上的塗鴉。

是同一物，卻也不是同一物。

蒲松雅腦中浮現這兩句話，胸口猛然緊縮，正想合上畢業紀念冊時，冊子後方突然冒出一抹黑影。

「店——長——」

朱孝廉從畢業紀念冊邊緣探出頭，目光幽怨的注視蒲松雅道：「你要人別翻，自己卻當著我們的面打開來看，你這樣就不會沒禮貌嗎？」

蒲松雅合上紀念冊道：「這是觀太太送我的畢業紀念冊，我翻我自己的東西，你有意見嗎？」

「欸，這是觀奶奶送店長的書？那借我看。」朱孝廉伸手。

「不要。」蒲松雅後退。

「借我啦！我保證不會折到。」

「這和折不折到沒有……別跪在櫃檯上，會把其他東西撞下去的！」

「我技術很好，不會撞……哇啊！」

朱孝廉一個不小心壓到原子筆，本能的後退將腿挪開，卻因此失去重心往後跌。

「哇啊啊啊啊！」

「孝廉哥小心！」

胡瓶紫伸手去撐住朱孝廉的身體，可惜他承受不了對方的重量，兩個人一同跌進櫃檯內。

蒲松雅沒料到胡瓶紫會被壓倒——他一直以為狐仙們全是大力金剛，趕緊放下紀念冊回到櫃檯前問：「喂，你們兩個還好吧？有撞到嗎？」

「我沒事，孝廉哥有即時推開我。」胡瓶紫回答。

「我以我的即時反應為豪。」朱孝廉躺在地上，舉起手比出大拇指：「可是我撞到頭與屁股，屁股很痛、頭很暈，還一度看到我遠赴天國的阿嬤……啊！」

「怎麼了？我需要叫救護車嗎？」

蒲松雅抓起電腦邊的市內電話，隨時準備撥一一九。

「不需要找救護車，我只是……」

朱孝廉緊緊皺眉，撐著上半身坐起來，仰望蒲松雅緊繃的臉道：「店長，我剛剛突然想起來，我上次見到我在天國的阿嬤時，旁邊有一個和你長得非常像的男人。」

蒲松雅臉龐瞬間凍結，腦中浮現自家工讀生被白綾掐住脖子的那幕，因為朱孝廉一直沒問起那件事，他還以為對方已經忘了。

「我原以為那是邪惡版本的店長，畢竟我們掉到一個心想事成又莫名其妙的世界，都有花魁版店長了，那再多一個最終大魔王版也不奇怪。」

朱孝廉的視線轉向櫃檯邊緣的畢業紀念冊，嚥下一口口水問：「我一直是這麼認為，直到剛剛看到那本畢業紀念冊，那本冊子中有一個長得和店長你一樣，然後又笑得和那個最終大魔王一樣邪惡的人。」

「……」

「店長，壁畫裡面和小倩一起攻擊小媚的紅色燕尾服，是你的雙胞胎弟弟嗎？」

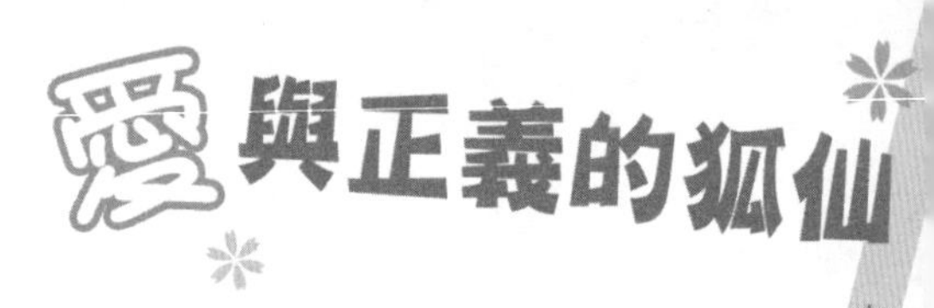

「……」

「我知道店長你是秘密主義者，我在這裡工作兩年，一次都沒聽過你說過過去，可是有鑑於我差點被那個人宰掉——雖然實際出手的是小倩，我想我應該有資格知道。」朱孝廉一臉嚴肅的道。

蒲松雅張口再閉口，反覆數次後才發出聲音道：「我不知道。」

「怎麼會不知道？你弟弟……」

「阿芳……我是說我弟弟，六年前就失蹤了。」

蒲松雅垂下的手緊緊握拳，盡全力維持鎮定道：「嚴格說起來是生死不明，他捲入了一場……流血衝突，這六年來都沒聯絡我，也沒留下任何可供追蹤的官方紀錄。」

朱孝廉的雙眼緩緩睜大，沉默數秒後低頭道：「對不起，我不該追問。」

「現在道歉已經來不及了。」蒲松雅拍朱孝廉的頭，可是力道只有平常的二分之一不到。他續道：「我不知道那是不是阿芳，雖然他的言行和性格都和我弟弟相同，可是長相與服裝上與我記憶中的弟弟有些微的出入，再說他也不可能出現在那裡，阿芳雖然美術課的成績很好，但他對藝術沒興趣。」

朱孝廉壓著頭，「言行和個性一樣……店長，你弟弟是最終大魔王型的邪惡人士嗎？」

「哪是啊，阿芳比我溫和善良得多，從小到大被親戚們冠上王子之名的是他，我才是危險惡毒的邪惡魔王。」

「店長在講話部分是挺惡毒的沒錯，但我一點也不覺得你危險。」

「那是你的判斷力有問題。」蒲松雅冷冷回應。

「才不是！我的判斷是有依據的。店長討厭、喜歡、要或不要都會直接表達，除非必要不會玩陰的；反過來，像你弟弟那種二十四小時都笑得像朵花，直到被他掐死才發現自己被厭惡了，這類型的人才危險。」

蒲松雅的瞳孔縮起，被朱孝廉的末兩句話勾起回憶。

——不用客氣，儘管依賴伯伯、叔叔們吧，我們會代替你母親照顧好你父親。

——別掙扎了，鬧上法院只是給你們自己難堪，快點把房產和錢……

乍看之下和善體貼，實際上卻陰險不可靠，那些將他與他的家人推入深淵的……

「店長！」

一道喊聲將蒲松雅喚回現實，他一回神才發現自己的雙手壓在櫃檯上，前方橫著朱孝廉的大臉。

朱孝廉盯著蒲松雅問：「店長你沒事吧？臉色好差還冒汗，要不要幫你叫救護車？」

「不用，我只是有點中暑。」

「你看起來不像中……」

「我說中暑就是中暑。」

蒲松雅截斷朱孝廉的話，抓起裝便當與飲料的塑膠袋，將裡頭的食物塞給對方道：「你的午餐和飲料，快點吃完然後帶胡瓶紫去刷廁所。」

「欸，我和小瓶子兩人一起去刷嗎？這樣廁所會太擠吧。」

「你也可以自己一個人去，我完全不介意。」

蒲松雅邊說邊將便當與奶茶遞給胡瓶紫，可是對方卻沒有接下飯盒與飲料，只是蹙眉凝視蒲松雅。

「不餓嗎？」蒲松雅問。

胡瓶紫搖搖頭，沉默片刻才開口問：「松雅先生、孝廉哥，你們所說的『邪惡版本的店長』，是先前在藝廊的畫壁中與女鬼聯手攻擊媚姐的男人嗎？」

「胡媚兒連那件事都跟你說了？」蒲松雅有點錯愕的問。

「我是媚姐帶大的，我們的感情非常好，無論大小事都會告訴對方。」胡瓶紫揚起嘴角微笑道：「我和松雅先生不一樣，不是秘密主義者，是誠實主義者。」

蒲松雅有種被人拿大頭針偷扎的感覺，僵硬的笑道：「誠實是好事，但過度誠實就是災難了。我們說的是當時攻擊胡媚兒的人沒錯。」

「那個人是松雅先生的弟弟？」

「我不知道，我剛剛說了，我弟弟……」

「失蹤了。」胡瓶紫補完蒲松雅的話，掛著善良無害的笑容道：「但是失蹤和消失不一樣，消失是不存在，失蹤只是不知道對方在哪，而既然松雅先生無法掌握弟弟的位置，那麼就表示弟弟可能出現在任何地方吧。」

「……你在暗示什麼？」

「什麼都沒暗示呦。」胡瓶紫笑了笑道：「我只是覺得，松雅先生不該輕易的把自己的兄弟當成不存在的人，尤其是在你與他重逢後。」

「那根本不算重逢。第一，我不確定我遇到的是阿芳，還是我自己的幻想；第二，他沒留下聯絡方式，我也沒有找人的線索。」

「不是沒有線索與聯絡方式，是松雅先生沒去找吧？」胡瓶紫的笑容依舊燦爛，但眼中卻浮現一抹暗影，「這可不行喔，對方可是你的親弟弟，對弟弟的關注比對鄰居的關注還少，要是親愛的弟弟學壞了怎麼辦？」

蒲松雅感覺自己的血液一滴一滴凍結，他先前只是隱約覺得自己被針戳，現在則是清楚感受到有把刀插在肚子上，刀刃的冰冷與傷處的疼痛都清楚得叫人發抖。

就像蒲松雅不喜歡胡瓶紫一樣，胡瓶紫也同樣不喜歡他，而且不喜歡的程度搞不好還比蒲松雅高上數倍。

胡瓶紫瞇起眼，輕聲說道：「放任發狂的家人在外面遊走，這可不是為人兄長該做的事喔。」

「……」

「松雅先生，你不應該……」

「停停停停止——」

朱孝廉突然插入蒲松雅與胡瓶紫之間，伸手將兩人推開道：「店長別殺氣騰騰的瞪小瓶

子，小瓶子也不要一個勁的指責店長。」

「我不是指責，是善意的提醒。」胡瓶紫回應。

「我知道你是好心，但是你嚴重誤會店長了啦！」

朱孝廉將手搭上蒲松雅的肩膀道：「店長之所以沒去找人，是因為這兩週我請假，而咱們的老闆又出國沒法幫忙，店長得一個人從早上八點顧店顧到晚上九點，回家還要處理貓狗的吃喝拉撒，走不開才沒去找弟弟。」

胡瓶紫皺眉道：「可是松雅先生的弟弟操持危險的法術，身邊還帶著一個百年厲鬼，這麼危險的人物不快點找出來，會傷害更多人。」

「我也覺得店長的弟弟超嚇人，不過店長剛剛也說了，他根本不確定那是幻影還是真人，如果是幻影，就算店長請半年長假也找不到。」

「孝廉哥為什要替松雅先生說話？你在壁畫中可是差點被松雅先生的弟弟勒斃啊！」

「勒我的人不是店長的弟弟，而是小倩，況且店長有把我的命救回來啊，這樣不就好了嗎？」朱孝廉抽回手，彎下腰望著胡瓶紫道：「小瓶子啊，你這麼在乎我和小媚的安危，我們都很高興，但是整件事真的不是店長的錯。」

「可是……」

「店長和我、小媚一樣，都是被捲進事件的受害者，而且要不是店長，我恐怕就要死在畫裡了。」朱孝廉拍拍胡瓶紫的頭道：「如果你去問小媚，小媚肯定也會說一樣的話，所以你就別再怪店長了，好嗎？」

胡瓶紫垂下肩膀，安靜了好一會才轉向蒲松雅，朝對方深深一鞠躬道：「對不起，我很抱歉。」

蒲松雅沒料到胡瓶紫會道歉，遲了幾秒才反應過來道：「這不是多大不了的事，你用不著對我鞠躬。」

「不，我對松雅先生做了很尖銳的指控，必須好好認錯才行。」胡瓶紫直起腰桿，一臉愧疚道：「我一聽到媚姐差點被槍擊，就失去冷靜責罵松雅先生，將自己的不安發洩在你身上，這完全不是成熟之人該有的行為。」

「沒有那麼嚴重吧？」

「松雅先生是媚姐尊敬的人，而媚姐尊敬的人就是我尊敬的人。我卻對我本該尊敬的人出言冒犯，這種大逆不道、幼稚無恥、愚蠢至極的舉動，就算是切腹也不足以謝罪。」

「我不認為我是值得尊敬的人……」

「我愧對媚姐和師父、師兄姐的教導，令他們蒙羞。如此愚昧的我不配踏入凡世，我現在就回去收拾行李拜別媚姐，返回荷湘洞重新修行。松雅先生、孝廉哥，有緣來生再見！」

胡瓶紫轉身奔向書店的大門，握住掛著鈴鐺的門把，將門向內拉開。

朱孝廉趕緊追過去，在胡瓶紫走出書店前扣住對方的手，再轉過頭朝蒲松雅大喊：「店長，你就別氣了，原諒小瓶子嘛！」

「我根本沒有對他生氣，有什麼好原諒不原諒的？」蒲松雅問。現在是在演哪齣？他完全跟不上節奏。

「沒關係的，孝廉哥。」胡瓶紫回過頭，翠眼中漾著閃閃淚光道：「是我不好，明明已經聽媚姐說過，松雅先生是個容易生氣的人，卻仍說出如此不得體的話，會惹怒松雅先生也是理所當然的。」

「喂你等一下，我哪裡有發怒……」

「店長，你平常動不動便對我和小媚生氣就算了，但對未成年人你多少要包容點吧！」

「你要我說多少次啊？我沒有對胡瓶紫生氣！」蒲松雅提高音量。

「你都用吼的了，哪裡沒生氣？」朱孝廉指著蒲松雅問。

「我是現在才被你們激怒好嗎？」

蒲松雅低吼，他在感性上很想揪住朱孝廉的衣領罵人，但理性上卻清楚意識到這只會坐實「店長（松雅先生）果然有生氣」的指控。

蒲松雅脾氣不好、有記仇傾向且缺乏對人類的包容心，但他不是個傻子，沒有知道前方有個洞還傻乎乎跳下去的習慣。

他深吸一口氣，將滿腔惱怒暫時壓到心底，撇開頭妥協道：「我知道了，我原諒胡瓶紫，這樣你們滿意了嗎？」

「店長，沒有人會用『我回頭就宰了你們兩個』的口氣和表情說『我原諒你』。」朱孝廉搖頭道。

「算了，孝廉哥，如果松雅先生不願意原諒我，那麼強逼他原諒是沒有意義的，我還是離開好了。」胡瓶紫低頭抽泣。

蒲松雅的嘴角抽動兩下，擺出沒有溫度的笑容道：「我、原、諒、你。」

這是一個明白表示「我嘴巴上說原諒，但其實我現在就想把你們分屍」的笑容，但是朱

孝廉與胡瓶紫都沒有表示抗議，因為他們珍惜自己的性命。

「快點回來，把便當和奶茶給我解決掉。」

蒲松雅拋下這兩句話，然後拿起自己的中餐往員工休息室，鎖上門，一個人坐在小房間中用餐。

他受夠荷湘洞出產的狐仙了，這群狐狸要不遲鈍到比石頭還不如，要不敏感得會把蚊子當成老鷹反應。

▼※▲▼※▲▼※▲▼※▲

胡媚兒遵守「一完成工作就會過來接人」的承諾，在拍完服裝型錄後，立刻搭計程車衝回秋墳書店。

她本想約蒲松雅與朱孝廉共進晚餐，答謝兩人幫自己照顧師弟一天。然而，蒲松雅以他還要顧店，以及胡瓶紫遠渡重洋來拜訪師姐，不好意思打擾兩人的相聚為由，拒絕了狐仙的邀約。

後面那一個理由連帶封殺了朱孝廉的同意邀約可能，秋墳書店唯一一名工讀生對此非常悲憤。

胡媚兒帶著胡瓶紫離開秋墳書店，兩人在外頭吃晚飯，同時聊起彼此今日的經歷。

胡媚兒抱怨自己碰到了難纏的攝影師，費了兩倍的力氣才完成補拍；胡瓶紫則是告訴對方關於朱孝廉教自己的事，但是略過了和蒲松雅之間的衝突。

兩人吃掉了餐廳六分之一的食物庫存，接著才搭車返回住所。

「到家！」

胡媚兒在陽臺踢掉高跟鞋，踏進客廳脫去小外套，高舉雙手伸懶腰道：「果然還是自己的家最可愛，尤其是被松雅先生收拾過後，明亮、乾淨、空間又大，松雅先生萬歲！」

胡瓶紫彎腰撿起小外套，掛到一旁的衣架上，「媚姐真的很中意松雅先生呢。」

「當然啊，因為他是很棒的人類啊！」

胡媚兒把自己拋到沙發椅上，放出尾巴和耳朵愉快的道：「腦袋好、懂的多，還燒得一手好菜，這附近的貓狗都很喜歡他。小瓶子也是吧？」

「我很敬佩松雅先生，但是他似乎不太好親近。」

「因為松雅先生討厭人類啊，如果是面對小動物，他可是非常溫柔親切呢。」

胡媚兒仰望天花板，左右搖晃狐耳道：「說到人類，我一直很好奇松雅先生討厭人類的原因，小金、小花和小黑那邊也問不出線索，牠們說松雅先生在領養牠們時，就已經是這個樣子了。」

「會不會是天生的？」

「天生討厭人類？如果是我們就算了，但松雅先生也是人類，人類不太可能天生討厭人……類啊——」胡媚兒打了一個大哈欠，捲起狐尾繼續道：「我猜是他碰到了什麼事，被某些人嚴重傷害過，性格才變得這麼扭……曲啊——」

「媚姐，妳要是累了，要不要先去休息？」

「我也想啊，但是今天要倒垃圾。」

胡媚兒翻身側躺在沙發椅上，「我在椅子上瞇十……不，二十分鐘就好，聽到垃圾車的聲音時叫我。」

「垃圾交給我，媚姐請去浴室沖個澡，然後上床睡覺。」

「那怎麼行，你是客人！」

「我是媚姐的師弟，替師兄姐分勞是師弟的義務。」

胡瓶紫邊說邊將胡媚兒拉起來，將人半強迫的推進房間，自己則轉頭去收垃圾。

當胡瓶紫將垃圾打包完畢時，胡媚兒已經在浴室內哼歌淋浴了，他瞄了透著師姐歌聲的木門一眼，抓起手機與垃圾袋走下樓。

他和社區中的男女一同等垃圾車，唱著《少女的祈禱》的車子很快就駛到巷口，將居民手中的廢棄物吞噬殆盡。

巷內的人們一一走回自己的居所，不過也有些人轉頭往其他地方去。

胡瓶紫是其中之一，他離開小巷子來到大街上，進入設有座位的便利商店，挑了一張偏僻的單人桌坐下。

胡瓶紫謹慎的掃視周圍，以自己為中心施放了一個簡單的隔音咒，接著才掏出手機按下某人的號碼。

電話很快接通，彷彿散發著玫瑰香的成熟女子聲響起：「嗨，瓶紫君，你今天的『我是乖巧的好師弟時間』結束的有點早呢。」

「我一直都是乖巧的好師弟。」胡瓶紫收起溫和的笑容，面無表情的道：「妳拜託我的事辦妥了，四座『八卦琉璃荷』都用妳給的符碰過了。」

「辛苦了，讓你這麼費心，真是不好意思。」

「妳要是覺得不好意思，就快點把我要的情報發過來。」胡瓶紫不悅的輕敲桌面，「我為了摸到那幾朵荷花，可是讓人類使喚了一整天，忍受了一堆無聊的笑話和白痴的工作，妳知道這有多痛苦嗎！」

「聽你此刻的口氣，我大致能想像。」女子輕笑數聲，在胡瓶紫發怒前收起戲謔，嚴肅道：「你想要的資料，我已經寄到你的信箱了，不過那些只是工具，能不能奏效還是要看使用者。」

「妳用不著擔心使用者。」

「真有自信啊，我還以為經過今天一天的相處，你會覺得那個男人比你想像中難應付。」

「他是和我想像中不一樣，但還是笨蛋一個。」

胡瓶紫單手支著頭，遠望超商自動門外的行人道：「雖然我因為他太不知羞恥，忍不住對他動怒，不過我利用他的工讀生——也是個笨蛋——讓他誤以為我只是個衝動敏感，不需

要多留心的小毛頭。」

「而事實上，你是個工於心計，對自己的師姐過度保護的小惡魔。」

「那不是過度保護，是媚姐對自己太漫不經心了！」胡瓶紫握緊手機高聲道：「媚姐善良又熱心，常常會吸引想利用她的危險人物，我是為了防止媚姐被傷害，才守在她身邊，為她過濾不肖分子。」

「像是西方的騎士嗎？真令人羨慕，我身邊怎麼沒有像你這種守護者呢？」

「因為妳的魅力不足吧？」胡瓶紫靠上椅背，帶著一絲不安問：「對了，妳交給我的符咒，真的只是普通的安宅符吧？」

「當然是，你不是親自檢查過嗎？如果那不是安宅符，你不可能沒發現。」

「我只有檢查符咒，但我不能理解的是，妳為什麼要我拿安宅符去碰琉璃花？」

「因為我的魅力不足啊。」女子故作哀傷的回答。

「妳在小看我嗎！」

「豈敢，我只是開個小玩笑。」

女子再度笑了起來，以輕柔但不容冒犯的口吻道：「瓶紫君，我是個優秀的情報商，這

代表兩件事：第一是我總能獲得客戶需要的情報，第二是我從不過問客戶為什麼想要我的情報。我不問你想對那位姓蒲的先生做什麼，所以也請你包容我的小小欺瞞。」

「……妳別引火上身就好。」

「哎呀，容我將這句原句奉還。雖然我不關心你的計畫，但不管你打算做什麼，最好能在你的師伯返國前下手，否則萬一被抓包了……你知道會如何。」

「管妳自己的事就夠了，黑烏鴉！」

胡瓶紫怒吼，不等女子回應就結束通話，怒氣沖沖的將手機拋到桌上。

媚姐也好，師伯也罷，還有電話那頭的情報商也是，為什麼都對那個叫蒲松雅的人類讚譽有加？那個人不過是個逃避責任、拋棄弟弟、冷血惡劣的混蛋！

不過，蒲松雅的假期很快就會結束，因為他來了，他不會放任害蟲接近自己的親人。

胡瓶紫拿起手機連上自己的電子信箱，在裡頭找到情報商寄給自己的信，信件的內文很短，但所附的壓縮檔的檔案倒不小。

胡瓶紫盯著壓縮檔，勾起玫瑰色的嘴唇露出微笑道：「松雅先生，我會揪出你的真面目。」

第二章

對付鬼打牆的妙招是……

自從蒲松雅認識胡媚兒以來，就覺得狐仙不停對自己提出匪夷所思、毫無邏輯、職責之外的請求。

譬如說，幫胡媚兒揭穿一個邪教團體，只因這個團體妨礙某位先生考取公職；譬如說，花一個多月調查女高中生的家屬、同學與前情人，以防這名女高中生被這三者中的某一者宰掉；此外，還掉進由法術建構的二戰前日本，好將同樣掉進去的人拉出來。

以上三件事沒一件與蒲松雅直接相關，更不是一名二手書店店長當為之事，可是他都統統做了。

總之，蒲松雅因為胡媚兒的緣故，被迫接下了許多他一點也不想做的事。

如今，蒲松雅又聽見另一個令他無言以對的拜託。

蒲松雅抓著市內電話的話筒，深呼吸兩次才開口道：「胡媚兒，妳再說一次，妳想拜託我什麼事？」

「欸？松雅先生沒聽清楚嗎？那我就再講一次。我週五要帶小瓶子去拜訪我報過恩的對象，希望松雅先生能陪我們一起去。」

「……」

「我會先把行程規劃好，也會負擔松雅先生的花費，你只要把時間空出來。我們打算去五個地方，所以會耗上一整天。」

「……」

「松雅先生？松雅先生你還在嗎？需要我說第三次嗎？」

「不用！」

蒲松雅厲聲制止胡媚兒，低下頭戳揉自己的眉心問：「我說妳……妳應該知道，我因為孝廉請長假的關係，這兩週除了公休日外，每天都要去顧店吧？」

「我知道啊，小瓶子有跟我說。」

「那妳還約我週五……」

「所以我拜託孝廉代班。」

「……欸？」

「我請孝廉週五去秋墳書店看店一天，這樣松雅先生就能陪我們出去了。」

胡媚兒在話筒另一頭開心的補充：「你也不用擔心小金、小花和小黑，我和牠們談好了，牠們很樂意將你借給我一天，只要我事後請牠們吃罐頭和小魚乾就行了。」

蒲松雅張口又閉口，重複了七、八次才擠出聲音問：「妳、你們……朱孝廉就算了！妳什麼時候和我家毛小孩談過？我這幾天沒放妳進過我家吧！」

「你沒有，我是在你上班時下去找小金牠們，然後隔著鐵門和紗門說話，這樣很不方便呢，松雅先生你能不能給我你家的鑰匙……」

「想都別想！」

蒲松雅的聲音一口氣飆高八度，此舉驚動了客廳與房間中的貓狗，牠們集結到主人身邊，喵喵汪汪的鳴叫。

毛小孩的出現安撫了蒲松雅的情緒，他鬆開肩膀坐到地上撫摸金騎士，讓花夫人與黑勇者爬到自己的腿上。

可惜，寵物們給予的安慰很快就被胡媚兒的話聲毀了。

「松雅先生，你週五會來吧？」

「不會。」蒲松雅一秒回答。

「為什不來？我都幫你請好假、排好代班者了。」

「因為妳在『幫』我之前，沒先取得我的同意！」

蒲松雅靠在金騎士的身上，輕拍黃金獵犬的背脊道：「不管當事人的意願，自顧自的把事情安排好，這不是體貼，是冒犯！」

「但如果我先問松雅先生，松雅先生就會拿工作和小金牠們當藉口啊！」

「我當然會，因為我一點也不想陪妳和妳師弟出門。」

「嗚！」胡媚兒發出被人踩中尾巴時的哀鳴。

蒲松雅從惱火轉為無力，抬起頭望著自家天花板道：「我說妳啊，難得師弟到臺灣來，妳就專心陪他玩不行嗎？別老是想把我拉進去。」

「三個人一起玩不好嗎？」胡媚兒低聲問。

「我沒有當電燈泡的興趣，而且……我就直說了，我對妳的師弟沒好感，他顯然也討厭我，把兩個互相不喜歡的人綁在一起一整天，妳是想虐待我們，還是虐待自己？」

「小瓶子才沒有不喜歡松雅先生，他和我一樣喜歡你。」

「我覺得妳需要去配一副眼鏡，然後找個人幫妳清清耳垢。」

「……」

「總之，我不會和你們一起……」

「嚎。」

「什麼？」

「嚎嗚嗚嗚嗚──」

胡媚兒突然瘋狂大吼，尖銳的獸鳴令蒲松雅本能的將話筒拿遠，隔著五、六十公分的距離聽狐仙嘶吼。

吼聲持續了十多秒才結束，蒲松雅壓著發疼的耳朵，正想質問胡媚兒在發什麼瘋時，他突然被黑勇者頂了一下腿。

黑勇者把頭靠在蒲松雅的小腿上磨蹭，花夫人一下一下頂著他的手，金騎士則是猛舔主人的臉。

蒲松雅停頓了兩、三秒才想通自家寵物集體撒嬌的原因，衝著話筒憤怒的大罵：「胡媚兒，停止策動我家小朋友當妳的說客！」

回應蒲松雅的是另一串獸語，以及更加熱情的摩擦與舔舐。

「胡媚……好了！別再弄……好、我知道了啦，我答應可以了吧？我答應陪妳去，夠了停下來！」

「嚎嗚——」

「汪汪汪！」

「喵姆——」

胡媚兒與蒲家的貓狗同聲歡呼，而作為歡呼中心的人類卻苦著一張臉，用最大力氣甩上電話。

▼※▲▼※▲▼※▲▼※▲

蒲松雅和過去一樣，與胡媚兒約在自家樓下集合，但與以往不同的是，這回他拖到最後一刻才出門。

他心不甘情不願的走下樓，慢吞吞的將鐵門打開，瞧見停在巷子內的龐然大物。

巷內停了一輛亮藍色的越野車，車體幾乎占去巷子一半的寬度，巨大猙獰的車輪撐起方型車體，車底離地將近半公尺，車頭掛著拳頭大小的車燈與防撞桿，粗如手臂的防撞桿靜靜的反射陽光。

這是一輛光看就令人有壓迫感，不管丟進哪部槍戰片中都不遜色的凶猛越野車。

越野車的主人——宋燾正站在車門邊，和宛如鋼鐵怪獸的愛車不同，他是一名散發書卷氣息的青年，身穿低調的灰西裝，鼻梁上架著細框眼鏡。

若不是蒲松雅先前看過對方開著無比招搖的跑車現身，肯定不會認為宋燾正就是門外龐然巨獸的主人，不過宋燾正最令人驚訝的不是他的購車品味，而是他的多重身分。

宋燾正是八卦雜誌的專欄作家、優秀股市投資客，外加本區城隍爺的弟弟兼專屬乩童。

宋燾正注意到蒲松雅的目光，抬起左手面無表情的道：「早。」

「早安。」

蒲松雅僵硬的回應，走到越野車旁轉身面對自家鐵門，基於禮貌與打發時間而問：「胡媚兒又拜託你當司機？」

「是。」

「胡媚兒還沒下來？」

「是。」

「你是最早到的？」

「是。」

「你哥也在嗎？」

「否。」

「他在城隍廟辦公？」

「否。」

「那他在……」

一樓大門在蒲松雅發問時打開，胡媚兒拎著手提包，和胡瓶紫一起快步跨過門檻。

胡媚兒看見越野車，立刻衝到車子前高聲道：「這是悍馬嗎？上次說過的悍馬H1？小正你真的開來啦！」

「是。」宋燾正回答，嘴角稍稍上揚一公厘。

「小正謝謝你，你對我最好了！」胡媚兒抱住宋燾正左右搖晃，眼角餘光瞄到蒲松雅，鬆開一隻手拍上休旅車道：「松雅先生你看你看，是悍馬H1喔，很厲害吧！」

「悍馬H1是什麼？」蒲松雅問。

「欸，松雅先生你不知道悍馬H1？」

胡媚兒睜大雙眼，將身體靠上越野車道：「就是這輛車啊，它是悍馬汽車旗下，有越野車之王美名的H1型越野車。」

「我對汽車品牌沒有研究。」蒲松雅皺眉看著越野車問：「雖然我們有四個人，但開這輛車……有必要開這麼大臺的車上路嗎？」

「它沒有很大臺啊，馬路上還有比它大臺的車，像是巴士和貨櫃車。」胡媚兒指著正巧經過巷子口的公車。

「……」

「松雅先生？」

「我們上車吧。」

蒲松雅打開越野車的車門，將自己塞進最裡面的位置。

他在入座時和胡瓶紫四目相交，雖然對方很快就將臉轉開，但眼中的輕視與嘲笑——愚蠢的人類，居然不知道悍馬——仍清楚的傳達給蒲松雅。

他接下來一天會過得很痛苦。蒲松雅浮起這個預感，認真考慮要不要跳車逃跑。

由於胡媚兒拍胸承諾，蒲松雅只要出人就好，其他事統統不用擔心，所以他沒問胡媚兒安排了哪些行程。然而事實證明，對狐仙的決定不聞不問是危險的。

「胡媚兒。」

「有！松雅先生有什麼事？」

「妳……」蒲松雅深吸一口氣，單手扶額道：「如果妳打算拉我到殯儀館參加某人的喪禮，可以事先預告我一下嗎？」

此時此刻，悍馬越野車正停在殯儀館的停車場中，左右是漆黑的靈車，遠處還能看見以法師和黑傘為首的隊伍。

胡媚兒的報恩回憶之旅第一站是市立殯儀館，今日是她的老朋友孟龍潭的二七，同時也是公祭與出殯日。

「對不起，我忘記講了。」

胡媚兒吐吐舌頭，從手提包中拿出一個小紅包道：「不過松雅先生不用擔心，我有多準

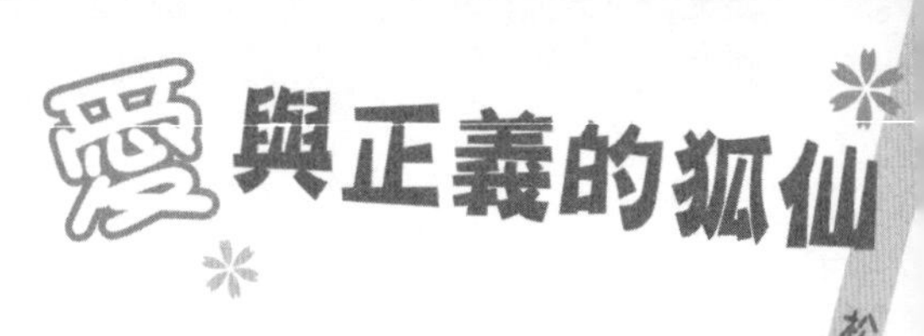

備一份裝艾草和米的紅包，你不用擔心會被沖到。」

「我擔心的不是沖到，是服裝問題，萬一我不小心穿了大紅色的衣服怎麼辦？」

「松雅先生的衣櫥裡才沒有大紅色的衣服。」

「那是舉例……等等，妳怎麼會知道我沒有紅色的衣服？」蒲松雅疑惑反問。

「上上次我在松雅先生家過夜時，小黑鑽衣櫥時我順便看的。」

「誰准妳看……」

「媚姐，我們要下車了嗎？」胡瓶紫從助手席探頭問，而宋燾正老早就在車外等人。

蒲松雅與胡媚兒沉默兩秒，一左一右打開車門下車。

孟龍潭的公祭辦在殯儀館最大的禮堂，由於亡者是百歲的人瑞，走得突然但並非因病而逝，所以堂內布置一反一般喪禮的黑白哀戚，而是掛著紅色的布幕，還播放著孟龍潭生前喜愛的輕快舞曲。

禮堂外側擺滿送給孟龍潭的花籃花圈，內部也充滿前來弔祭的男女，這些人從堂內排到堂外，人數眾多但一點也不凌亂。

蒲松雅等人排在人龍的最末尾，在樂聲中慢慢移動進禮堂，排了十多分鐘才到達靈堂。

四人以胡媚兒為代表，依照司儀的指示獻花獻果與上香，胡媚兒做得相當慎重，一點也沒有她平常毛躁的模樣。

他們在祭拜完成後轉身朝禮堂外走，走沒幾步就聽見一聲驚呼，所有人都停下腳步往聲音源看。

「媚姐！媚姐這裡！」

一名中年男性在稍遠處揮手，而從他別在袖子上的麻布，可知他是孟龍潭的直系親屬。

胡媚兒微微睜大眼，轉頭對其他人道：「我過去一下，你們可以先出去，不用等我。」

「好。」宋燾正點頭。

「我想留在堂……」

「我們在禮堂左側的小花園等妳。」

蒲松雅打斷胡瓶紫，指指窗外的綠地後直接朝門口走去。

拜此之賜，蒲松雅在從禮堂到小花園的路上，完全沐浴在胡瓶紫的瞪視中，直到胡媚兒出來才解脫。

「抱歉讓你們久等了！」

胡媚兒小跑步奔向三人，將掛在手臂上的提袋分給三人：「這是喪家送的毛巾，回去後記得要先洗一次才能用。好了，我們可以去下個地方了！」

胡瓶紫接下提袋問：「媚姐，剛剛那位先生是誰？」

「他是龍潭先生的曾孫，名字是孟祥明，是外商銀行的經理。」

「媚姐和他很熟？」

「在曾孫輩中我和他最熟，我們常常一起交流好吃的餐廳。」

蒲松雅皺眉問：「妳和孟龍潭的孫子輩也有來往？」

「有啊，雖然不是全部，不過龍潭先生的兒女、孫子、曾孫和曾曾孫輩中，我都有認識的人。」

胡媚兒見蒲松雅一臉錯愕，歪頭不解的問：「不行嗎？」

「不是行或不行，而是妳不擔心他們會發現妳的秘密嗎？」

「秘密？」

「妳不是人啊！」

蒲松雅指著胡媚兒的臉道：「妳的外貌不會隨時間流逝而變化，如果妳只認識孟家一代的人，他們可能還不會覺得奇怪，但妳和他們的曾祖父、祖父、父親統統都有接觸，他們不會覺得妳認識的孟家人多得不正常嗎？」

胡媚兒愣住幾秒，恍然大悟笑道：「我有做好區隔，對孟家人來說，和祖爺爺孟龍潭來往的是媚兒奶奶，和爺爺們認識的是媚姨，然後叔叔阿姨輩的是媚姐，小輩們的則是小媚，不會發生松雅先生擔憂的狀況。」

「妳有注意就好。」蒲松雅鬆一口氣道：「不過妳這樣也挺辛苦的，每次碰到孟家人都要改變外貌。」

「不用啊，我都用同一張臉和孟家人交往。」

「……妳說什麼！」

「松雅先生也知道，我的演技很差又不擅長說謊，與其真的變成老奶奶或中年阿姨的樣子，不如用幻術讓他們以為我是阿姨或奶奶容易啊。」

「妳這樣頻繁對他人使用特定法術，不會留下什麼後疑症吧？」

「怎麼會！我用的是城隍廟認證的陽法，不是不三不四的陰法。」

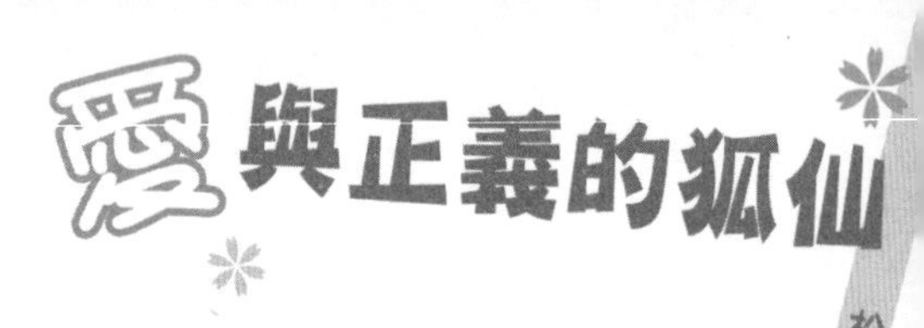

胡媚兒微微抬起頭，摸著下巴回想道：「不過這個方法也不是完全沒缺點，我有次就不小心將『小媚』聽到的事，以『媚姨』的身分說出來，結果害龍潭先生的玄孫女交男朋友的事曝光了。」

「……我覺得妳還是少認識孟家人比較安全。」

「別擔心、別擔心，我除了被當成稀有的怪人外，並沒有讓孟家人起疑。」

「被當成『稀有的怪人』就已經是讓人起疑了好嗎？」

蒲松雅拍胡媚兒的頭一下，凝視狐仙片刻低聲道：「胡媚兒，妳應該知道，人類不管活多久，都不可能比妳久吧？」

「我知道啊，松雅先生為什麼這麼問？」

「妳居然問我為什麼……」

蒲松雅失去耐性，指著遠處放滿弔念花圈的禮堂道：「妳交越多人類朋友，就要參加越多喪禮，妳不會心痛嗎？絕對會的吧？既然會，為什麼還要和孟家人、我、朱孝廉、翁長亭……對妳的修行一點幫助都沒有的人交往？給自己找罪受嗎？」

胡媚兒難得聽到蒲松雅說這麼多話，她先是呆住，接著勾起嘴角露出溫和的微笑，往前

一跳抱住對方的腰。

「妳、妳做什麼？」

「嘿嘿嘿，松雅先生居然在擔心我受罪，我好高興。」

「妳哪隻耳朵聽到我這麼說了！」

「左耳和右耳。」

胡媚兒放開蒲松雅，掛著自信溫暖的笑容道：「就像松雅先生說的一樣，我每交一個人類朋友，就要多參加一場喪禮，然後每場喪禮都讓我非常傷心。但即使如此，我還是喜歡和人類交朋友。」

「妳是笨蛋還是自虐狂？」

「是愛與正義的可愛狐仙！」

胡媚兒將手放在眼旁比出勝利手勢，再放下手收起玩鬧的表情道：「『世間萬物皆會消散，此乃不變之理，與其逃避不如珍惜相聚之時』——這是我師父的名言，也是我自己的座右銘。」

「如果不和人類交朋友，就不必參加朋友的喪禮，但是我也會失去和松雅先生、龍潭先生、孝廉、長亭……許許多多朋友一起玩樂大笑、傷心大哭與冒險犯難的機會，對我而言，這比參加喪禮更難受。」

蒲松雅微微蹙眉，正要開口反駁時，突然被胡媚兒以指壓住嘴脣。

胡媚兒笑咪咪的道：「明知道對方會比自己早走，卻還是想要親近，這種感情松雅先生應該能理解吧？因為松雅先生也有很多壽命比你短的朋友。」

蒲松雅頓住兩秒，別開臉道：「我之所以親近貓狗，是因為牠們比人類可信賴。」

「我則是對人類好奇，人類複雜又奇妙，越是接觸就越感到有趣，活像是寫不完的謎語書一般。」

「人類這本謎語書中，可不全是有趣美妙的謎題。」

「我知道啊，其中有很多傷人或傷心的題目。」說著，胡媚兒轉向禮堂，明媚的臉龐染上幽影，「譬如，為什麼龍潭先生要做出那種事呢？」

蒲松雅的眼神轉黯，問：「妳知道他是主謀了？」

胡媚兒點點頭，輕聲道：「我問過藝廊的人和孟家人，那幅壁畫是由龍潭先生親手設計與監工，繪製時的助手──那名百年厲鬼和長得與松雅先生一模一樣的男人，也是龍潭先生

親自推薦的。而且他們還在龍潭先生的臥房中找到遺書，不過內容只有道歉與交代遺產的分配。」

「……」

「龍潭先生很清楚自己在做什麼，也知道啟動法術後自己會性命不保。」胡媚兒雙肩顫抖，落下眼淚道：「那麼……為什麼他還要這麼做？我不能理解，為什麼龍潭先生要殺死自己呢？」

宋翥正掏出手帕遞給胡媚兒，胡瓶紫也靠過來拍撫對方的背脊，兩人都以自己的方式安慰狐仙。

這反而讓胡媚兒憋不住眼淚，哇啦一聲抱住胡瓶紫嚎啕大哭。

蒲松雅默默看著與師弟相擁的狐仙，在胡媚兒哭聲止歇後開口道：「他想知道答案。」

「答案？」

「葛夜當年的決定。孟龍潭為了知道葛夜的選擇，策劃了這一切。」

蒲松雅回想自己與孟龍潭最後的談話，當時的無力與憤怒再次湧現，令他不自覺的沉下聲音道：「當妳在朱御院外和護法打鬥時，我在朱御院內見到了孟龍潭。他告訴我，隨著年歲增長，他越來越執著葛夜的選擇，但又因為身體太硬朗，不知道何時才能赴黃泉見戀人，因此才會以性命為代價建構法術。」

胡媚兒雙眼瞪大，驚愕的注視蒲松雅。

「我試圖說服他改變主意，但是失敗了。」

蒲松雅將指甲掐進掌心，感受著刺心的疼痛道：「我知道他的選擇和做法都是錯誤的，但是無法明確指出是哪裡有錯。」

「……」

「而我也說不出『活著才有希望』、『再多等幾年就會如願』這種漂亮的風涼話，他就是一直活著才絕望。」

「……」

「對不起，我沒能阻止孟龍潭。」蒲松雅低語，眼中映著從禮堂中魚貫走出的孟家親屬，胸口慢慢收緊。

不過，在蒲松雅緊到心臟發疼之前，胡媚兒跳起來一掌拍上他的頭。

「胡媚兒妳做什麼！」蒲松雅後退兩步大喊。

「松雅先生和龍潭先生是大笨蛋！」

胡媚兒一手扠腰、一手指著蒲松雅的鼻子道：「龍潭先生錯的地方很明顯啊！就是他這麼做，葛夜姐會傷心啊！」

蒲松雅呆住，接著像被人打通任督二脈一樣，心中的鬱結突然一掃而空。

孟龍潭為了見葛夜一面，不惜以自己的性命為供品，使用扭轉陰陽的危險法術。

然而，葛夜不可能對孟龍潭的犧牲感到高興，相反的，她會非常的悲痛，寧可兩人永無重逢之日，也不願見到孟龍潭自殺。

孟龍潭只想著自己無緣獲得的答案，卻忘記了答案的核心——葛夜的心情，犯下無法挽回的錯誤。

本末倒置——蒲松雅心中冒出這四個字，對著自己和已不在此處的長者嘆氣，他們明明都比胡媚兒精明，卻也都沒察覺到問題的癥結點。

「不好意思。」

胡瓶紫的話聲將蒲松雅拉回現實，少年狐仙併攏雙腳，緊繃著臉問道：「請問有人知道洗手間在哪裡嗎？」

「洗手間在……」胡媚兒左看看右看看，最後望向蒲松雅問：「哪裡？」

「從禮堂右邊的走廊進去，直走後左轉再右轉，經過小花園後左轉就到了。」

蒲松雅見胡媚兒與胡瓶紫一臉茫然的注視自己，垮下肩膀轉身道：「跟我來，剛好我也想去廁所。」

蒲松雅帶著胡瓶紫往禮堂走，拐過幾個彎後，順利找到位於樓房夾角處的廁所。

胡瓶紫進入隔間，蒲松雅則是在洗手檯前洗去香灰與汗水，站在外頭等少年狐仙出來。

而這一等就是五分鐘，蒲松雅的內心活動從「大號總是會比較久」，轉變成「這小子是被馬桶沖走了嗎？」，最後忍不住折回廁所，朝胡瓶紫所在的隔間問：「嘿，你還在嗎？在的話應一聲。」

回應蒲松雅的只有寂靜，他皺皺眉舉手敲門，沒想到本該鎖住的門竟然一碰就開，且裡頭還空無一人。

「已經出去了？」

蒲松雅錯愕的看著空隔間，轉過身打算離開廁所，卻走沒幾步路就撞到硬物。他後退兩

步，抬起頭發現自己站在牆壁前，愣住幾秒後修正方向朝門口走，結果再度一頭撞上磁磚牆。

他瞪著不該擋在自己面前的牆壁，再一次後退、轉身、前進，然後重複撞牆的結局。

「搞什麼啊！」

蒲松雅壓著發疼的額頭，改以不轉身，直接倒退往門口的方向走，卻在五步之內三度撞上牆壁。他靠在冰冷的磁磚上，出口這回居然移動到他的正前方，但是他敢以家中貓狗的毛發誓，出口一秒鐘前還在自己的後方。

他在廁所中鬼打牆了嗎？

蒲松雅背脊爬上寒意，不過馬上抹去恐懼，舉起右手緩慢小心的前進，在指尖脫離廁所的前一刻，廁所出口當著他的面再次變成牆壁。

蒲松雅放下手，他從口袋中掏出手機，手機螢幕顯示收訊零格；再抬頭往牆壁上方的窗戶望，就算身體能縮小二分之一，也不可能從窗子擠出去。

他的眉頭從微蹙轉為緊鎖，正感到頭痛時，心中突然響起陌生的低語。

——假如沒出口，就自己造出口。

蒲松雅愣住，想起了自己在壁畫上造門的事，雖然他至今仍搞不懂那是幻覺還是真實，但在無法求援也找不到別的出路下，乾脆死馬當活馬……

——松雅先生，你必須答應我，同樣的事情你絕對不會做第二次。

胡媚兒的喊聲拉住了蒲松雅的思緒，腦內門的形象被嚴肅的狐仙取代，彷彿具體瞧見對方站在前方狠瞪自己。

他答應過胡媚兒，不會在無門之處擅自挖門，但眼前的狀況是明明有門卻走不出去，在這種情況下造扇門出來，應該不算違背承諾吧？

「開什麼玩笑，我一點也不想在殯儀館的男廁中過夜！」

蒲松雅咬牙低語，退後幾步瞪著白牆。

他想像有扇門鑲在牆壁正中央，這扇門是用來向把他關廁所的鬼示威的，所以造型一點也不低調，紅木鑲金的門板配上銀色門把，而且不是單扇門，是雙扇門！

他朝想像中的門伸出雙手，握住天鵝造型的門把，不客氣的將兩扇門甩向左右，朝門外的走廊跨出步伐。

這回蒲松雅沒再與牆壁親密接觸，他好好的站在廁所外，前方是泥階梯與灌木叢，後方則是廁所的出入口——不是紅木門，而是真正的出入口。

蒲松雅鬆一口氣，忽然覺得自己有點手腳無力，但是情況沒有先進入壁畫時嚴重，便也沒多注意，僅是揉揉太陽穴就走回小花園。

當他走近花園時，先聽到尖銳的「不管我要去！」，接著才瞧見胡媚兒與其他兩人。

胡媚兒背對蒲松雅揮舞雙手，宋燾正和胡瓶紫則是一個默默平舉手臂擋住狐仙，一個不停比手畫腳安撫師姐。

蒲松雅走向三人，站在胡媚兒背後問：「你們在做什麼？」

胡媚兒肩膀一震，轉身驚喜的道：「松雅先生！太好了，你看起來沒事。」

「我當然沒事。妳剛剛在喊什麼？為什麼宋燾正和妳師弟要擋妳？」

「我看松雅先生一直沒回來，擔心你可能迷路或出事了，所以想請殯儀館廣播，但是小正和小瓶子反對我這麼做。」

胡媚兒望著蒲松雅，安心的笑道：「還好松雅先生回來了，要不然就算要打昏他們兩個，我也要去廣播。」

蒲松雅腦海中浮現「蒲松雅小朋友、蒲松雅小朋友，你的鄰居胡媚兒小姐在櫃檯找你」的廣播聲，背脊頓時竄起寒意，冒著冷汗低語：「還好我及時回來了。」

「對啊，還好你回來了。」胡媚兒拍拍蒲松雅的手臂，開開心心的往前走，「既然人都齊了，我們回車上，朝下一個目的地前進吧！」

蒲松雅跟在胡媚兒背後走，眼角餘光掠過右手邊的窗戶，透過玻璃看見胡瓶紫的側臉，發現對方臉色發白，單手揪著胸口似乎在忍耐什麼。

蒲松雅回頭望向胡瓶紫問：「嘿，你還好嗎？」

「我沒事。」胡瓶紫輕聲回答。

「真的沒事?你的臉白得嚇人喔。」

「真的！我很好，不勞你費心！」

胡瓶紫低吼，加快腳步越過蒲松雅，和胡媚兒並肩而行。

蒲松雅注視兩名狐仙的背影，胡瓶紫的臉色依舊糟糕，但胡媚兒似乎一點也沒發現師弟的狀態不對，是不是要提醒她一下?

「小瓶子別走那麼快，萬一松雅先生跟不上啊！」

「松雅先生的腿那麼長，怎麼可能跟不上呢?」胡瓶紫側身回看蒲松雅，微笑道：「對吧松雅先生，你一定會牢牢跟緊我們，不會再把自己搞丟了。」

……還是別管那傢伙好了。蒲松雅暗道。

蒲松雅等人離開殯儀館，前往行程表上的第二站——寶樹禪堂大廈。

三個多月前，當蒲松雅隨胡媚兒、朱孝廉一起造訪禪堂時，禪堂內外都是虔誠的信眾，讚美寶樹菩薩與大導師賈道識的話聲不絕於耳。

此刻寶樹禪堂的建物雄偉依舊，但是金色飛簷上沾滿汙漬，門前的噴泉堆積著垃圾，大樓周圍不見信徒信眾供奉的花草，取而代之的是漆字髒話、抗議布條與紙板。

蒲松雅在寶樹禪堂的正門前下車，第一眼看到的，就是這些凝聚強烈怨恨的話語。

「假道士還我錢來！」、「下地獄去吧騙子」、「混帳道士出來面對」、「生兒子沒屁眼！」……諸如此類的黑字包圍了柱子、窗戶、枯死的花臺與噴泉，讓大樓從金碧輝煌變成不堪入目。

「哇啊！」胡媚兒發出驚呼，望著鋪天蓋地的罵語道：「雖然我在新聞上看過報導，寶樹禪修會在負責人鬧醜聞失蹤後，禪修會爆出財務危機，引起很多人的不滿，但是這也太誇張了。」

「他大概騙了很多人。」蒲松雅邊說邊走向最靠近自己的紙板，蹲下來閱讀板子上密密麻麻的文字：「收取大筆供養金、慫恿信眾拿地契或車子抵押貸款、專愛找中老年人下手、離間信眾與非信眾親友之間的感情、藉口投資慈善事業等等理由募資……賈道識為了挖錢，真是無所不用其極啊！」

「他為什麼要一直騙錢？他又不缺錢，而且人要活下去也不需要那麼多錢啊。」

「貪心吧？人類和動物不一樣，不會只取自己所需，而是能搶到多少就搶多少。」蒲松雅沉聲回答，站起來仰望被潑上紅漆的水晶菩薩道：「而且他騙的不只有錢，還有希望與感情，像吳鳳霞一樣，相信賈道識能扭轉生死或頹運的人肯定不少。」

「色。」

宋燾正忽然開口，在其他人發問前舉起平板電腦，上頭有數張賈道識與女子的合照，照片中女子們的裝扮、人種、面容都不盡相同，但全是年輕俏麗的美人，且不是抱就是坐在賈道識身上。

蒲松雅盯著這些照片，裡頭沒有他和胡媚兒在法式餐廳看過的情婦，這表示賈道識果然如當時推測的，除了有小三，還有小四、小五、小六……小N加一。

胡瓶紫聽胡媚兒說過那場原配與小三的鬥毆，但眼前的照片數量仍遠超過他的想像，立刻漲紅了臉道：「這個人類除了騙財外還騙色嗎？太過分了，居然有這麼下流的人類！」

「人類本來就不是多高尚的動物。」蒲松雅低聲道。

「不只。」

宋燾正搖頭，將指尖滑過平板，叫出一整排需要打馬賽克的肉色圖。

胡媚兒與胡瓶紫瞬間凍結，蒲松雅則是趕在路人經過前一把搶下平板電腦關閉照片，再塞回宋燾正手中道：「別在公開場合亮這種圖。」

「為何？」

「因為那是性……我是說限制級照片。」

「成年。」

「我知道我們都成年了，但問題不是年齡，是那些照片……」蒲松雅腦中浮現賈道識裸體龜甲縛的畫面，馬上甩頭抹去噁心的景象道：「總之，那不是適合在大庭廣眾下拿出來看

的照片，立刻把照片刪了，那種恐怖的東西沒有留下來的必要。」

「取材。」

「去找正常一點的東西取材！」

蒲松雅低吼，他瞧見胡媚兒仍處於石化狀態，伸手拍拍狐仙的臉頰問：「喂，胡媚兒妳還在嗎？」

胡媚兒的身體震動一下，她緩慢的抬起頭注視蒲松雅問：「松雅先生，那是人類男性的流行……」

「那是賈道識的個人行為！」

蒲松雅高聲強調，為了捍衛人類的尊嚴而辯護：「的確有些男人喜歡把自己綁上麻繩，咬著奇怪的小球，讓穿皮衣的女性鞭打自己，但有這種特殊喜好的人不多，只占全體的十分或二十分之……胡瓶紫你為什麼盯著我看？」

胡瓶紫不自在的撇開目光道：「抱歉，我只是有點驚訝，松雅先生對此種特殊喜好如此清楚，簡直像是親身經歷過一般。」

「我一次一分一秒都沒經歷過那種活動！」蒲松雅鐵青著臉強調，舉起手壓上額頭，無奈的問：「為什麼我們要站在人行道上討論ＳＭ活動？我們是怎麼離題到這裡的？」

「神棍。」

宋燾正回答，以平板電腦再次展示賈道識那「皮鞭與麻繩齊飛，蠟液共紅腫一色」的照片集。

拜此之賜，胡媚兒與胡瓶紫的大腦再度當機，且這次足足停滯了五分鐘才恢復運轉，宋燾正的平板電腦則被蒲松雅以妨礙風化之名，鎖在越野車的車廂中。

彷彿要掙脫不愉快的記憶般，蒲松雅一處理好平板電腦，就拉著其他人離開禪堂的正門，朝右側的小巷子衝。

「松雅先生，我們要去哪裡？」胡媚兒問。

「把這棟貼滿髒話和法院封條的建築物逛一圈，在妳的行程表上打勾欄打勾後去下一站。」

「我的行程表上沒有打勾欄。」

「現在有了。」

蒲松雅以近乎競走的速度前進，打算一口氣完成寶樹禪堂巡禮，然而一塊紙板卻在他轉彎時突然掉落，擦過鼻尖掉到人行道上。

「松雅先生！」胡媚兒尖叫著跑向蒲松雅，把人拉過來細看問：「你還好吧？有沒有怎麼樣？鼻子有被削掉嗎？」

「只是塊厚紙板，怎麼可能把鼻子削掉？」

蒲松雅扭動身體想奪回自己的手，掙扎途中視線偶然掃過地上的紙板，奪回手的動作頓時停止。

「胡媚兒，這是妳的前男友——劉赤水——寫的吧？」

蒲松雅用下巴指指紙板，唸出上頭的文字：「『賈道識還我女友！我的女友在禪修會上認識狗男人，性情大變棄我而去，這一切都是賈道識沒有好好管束信眾，甚至放任信徒勾引他人的女友的錯』……這是劉赤水留的字吧？」

「這是小赤的字沒錯，可是……」胡媚兒不解的道：「松雅先生怎麼會是狗男人？以個性而言，你應該是怕生的貓啊！」

「重點不是貓或狗，是劉赤水對妳我的描述。妳當初和他分手時，沒有想好分手的理由嗎？」

「有啊，我告訴他我不愛他了。」

「然後呢？」

「就不愛了啊，沒有然後。」

「……」

「松雅先生？」胡媚兒歪頭呼喚。

「妳……妳這隻笨蛋狐狸！」

蒲松雅掐住胡媚兒的臉頰，用力往左右平拉道：「妳不會想個具體、清楚、可信一點的藉口嗎？給這種模模糊糊、丈二金剛摸不著頭腦的理由，難怪對方會誤會妳移情別戀，殺到書店來找我麻煩不說，還寫在板子上掛在禪堂外！」

「痛痛痛痛——」

「妳這種性格怎麼有辦法活三百年？靠變態的強運嗎？這也太不公平了，妳給我好好反省，寫六百字悔過書交給我。」

「我、我會……嗚嗚嗚！」

「夠了吧！」胡瓶紫抓住蒲松雅的手，眼中洋溢著沸騰的怒氣道：「媚姐只是出了點小

紕漏，提醒她一聲就好了！」

蒲松雅鬆開雙手，毫不客氣的回瞪胡瓶紫道：「這傢伙犯的的確都是小錯，但是小錯累積多了就會變成大災難，與其等到她捅出天大的婁子再來抱頭痛哭，不如現在就讓她哭一哭。」

「我不會讓媚姐有機會痛哭！」胡瓶紫厲聲道。

「發誓和叫囂誰都會，能不能將言語化為行……」

「松雅。」宋燾正突然開口。

「燾正你有什麼事待會再說。放話很容易，能否將言語化為行動……」

「松雅，那個。」宋燾正指著右側的巷子。

「那個這個都先放到旁……」

「啊……呀啊啊——」

一陣破碎的尖叫聲敲醒蒲松雅，他轉頭往聲音來源，亦是宋燾正手指之處看過去，在巷口瞧見一名拎著購物袋的中年婦女。

蒲松雅先覺得婦女看起來很眼熟，接著才想起對方是誰，立刻進入驚恐狀態。

這名婦女是劉赤水的母親吳鳳霞。吳鳳霞的丈夫劉逢出車禍變成植物人，她為了替丈夫祈福加入寶樹禪修會，並且將兒子也一同拉來參與相關活動。此舉導致劉赤水無法好好準備公職考試，危及胡媚兒的報恩任務——她的目標是要讓劉赤水獲得功名，胡媚兒因此找上蒲松雅幫忙。

蒲松雅盡全力想讓吳鳳霞清醒，先是和胡媚兒一起跟蹤賈道識，再出動劉逢說之以情，繞了一大圈才讓對方脫離禪修會。

當時他們為了讓身體無法動彈，只有靈魂能活動的劉逢與吳鳳霞說上話，便讓對方附在蒲松雅的身上。

蒲松雅在出借身體時，心想自己的生活圈與吳鳳霞沒有重疊，因此拒絕化老妝，只有改變髮型與衣著，而當初便宜行事的後果，此刻正降臨在他身上。

吳鳳霞鬆手讓購物袋落地，搖搖晃晃的越過馬路，來到蒲松雅面前顫抖著問：「你……你是、是……」

不妙不妙不妙不妙非常不妙！蒲松雅渾身緊繃的注視著吳鳳霞，看著眼前之人張開嘴做出「啊」字的脣型，在對方發出聲音前抓住胡媚兒，把人拉到自己與吳鳳霞之間。

「松雅先生？」胡媚兒嚇一跳，回頭看蒲松雅。

「胡媚兒，這位是妳前男友的媽媽吧？」

蒲松雅以罕見的僵硬口氣說話，斜眼對胡媚兒拚命使眼色道：「就是那個張綠山還是劉赤水的……我記得不太清楚，是他的媽媽嗎？」

「是啊，她是吳鳳霞，小赤的母親，松雅先生你忘了嗎？你明明見過……」

「是是是嗎！」蒲松雅快速打斷胡媚兒道：「我就猜是她，先前在禪堂有見到她一次，但是當時距離有點遠，所以我不太確定。」

「不確定？」吳鳳霞問，眼中的驚喜轉為驚訝，仰起頭向前一步道：「是我啊，是鳳娘啊，阿逢你不認得鳳娘了嗎？」

「太太妳認錯人了。」蒲松雅不自覺的後退道：「我們今天才第一……不，是第二次見面，應該沒熟到能互叫小名的地步，更何況我的名字中也沒有『逢』字。」

「我沒有認錯人，我記得你的臉。」吳鳳霞前進道。

「我的臉是大眾臉。」

「松雅先生哪是大眾臉。」胡媚兒插話，不過馬上就被蒲松雅施以掐手臂之刑。

可惜，吳鳳霞已經一字不差的聽見胡媚兒的發言，她淚光閃閃的望著蒲松雅，眼中洋溢著與亡夫重逢的喜悅。

這令蒲松雅的頭用力的痛起來，他能面對對自己惡言相向的人，但極端不擅長應付抱持純粹善意的人。

而在蒲松雅陷入窘境時，伸出援手的不是被他拿來當盾牌的胡媚兒，更不是一旁只想看好戲的胡瓶紫，而是一直保持沉默的城隍爺之弟。

宋燾正一個箭步移動到蒲松雅右側，將手搭上蒲松雅的肩膀道：「這個，小媚，男友。」

吳鳳霞愣住問：「你說什麼？」

「松雅，小媚，情人。」

宋燾正面無表情的回答，他將手從蒲松雅的身上收回，再放到吳鳳霞的肩膀上，沉沉的拍兩下。

吳鳳霞上身一震，淚水從眼眶中滾出，她愣了幾秒後才慌張的拭淚道：「對不、對不起，我想我應該是認錯人了，人老了看什麼都不清楚，非常抱歉。」

蒲松雅立刻搖頭，掏出衛生紙遞給吳鳳霞道：「沒關係，人都有搞錯的時候。」

吳鳳霞接下衛生紙，看了蒲松雅幾秒才轉身返回小巷子，重新拎起購物袋，朝巷子另一端走去。

四人目送吳鳳霞消失，接著不約而同吐出一口氣。

「得救了……」蒲松雅拍拍仍處於緊縮狀態的胸口，轉向宋燾正道謝：「謝謝你幫我解圍。」

「不會。」

「燾正先生好厲害！」胡瓶紫微笑道，歪著頭好奇問：「不過你是怎麼讓那位夫人相信松雅先生不是劉逢？你所說的詞句中，都和『此人不是劉逢』無關吧？」

「間接。」

「間接？」胡瓶紫又問。

宋燾正抬起頭想了想，從口袋中掏出智慧型手機，以驚人的高速敲打螢幕後，將手機轉向其他三人。

「我先以言語告訴吳鳳霞女士，蒲松雅早已死會，接著配合憐憫的眼神、安慰的手勢，以及現場自然而然出現的寂靜，令她心生黃花依舊、人事已非之感，進而醒悟自己的愛已成往事，但人生還是要過下去，她該追求的是下一次相遇，而非心中逝去的愛。」

「這是一個極其冒險的作戰，假如吳鳳霞感性不足或缺乏少女情懷，那麼作戰就不會成功，不過事實證明我是正確的。」

「吳鳳霞此時此刻應該處於哀傷之中，但不用擔心，她馬上就會振作起來，我的第六感是這麼告訴我的，接下來只要將一切託付給時間……」

宋熹正總共滑了三次手機螢幕，才將整篇文章展示完畢，他放下手機期待的望著另外三人。胡媚兒馬上拍手，蒲松雅與胡瓶紫慢了兩拍才跟上，而且鼓掌的動作和笑容都有程度不等的僵硬。

宋熹正的嘴角為此上揚四公厘，收起手機往前走。

胡媚兒趕緊跟上，可是她才走沒幾步路，就被蒲松雅由後扣住手腕。

蒲松雅沉著臉問：「胡媚兒，我能問妳一件事嗎？」

「什麼事？」

「宋熹正該不會是那種現實中安安靜靜，但在筆談或網路聊天室裡卻總是上萬言書的人吧？」

「哪有可能，小正在聊天室內的留言字數頂多四、五百到一、兩千字，沒有上萬過。」

「……」

「松雅先生？」

「沒事。」蒲松雅不等胡媚兒進一步發問，頭也不回的快步向前走，「快走吧，要不然會脫隊。」

料理失敗達人?!

殯儀館鬼打牆、禪堂外的意外，大大消磨蒲松雅的精神，好在回憶之旅的第三站是個播放柔和香頌歌曲、散發優雅與慵懶氣息的高級法式餐廳。

上回蒲松雅、胡媚兒與宋燾正造訪此餐廳時，目的是偷拍賈道識，而這次他們沒有任何特殊任務，不會遭遇任何需要勞動腦袋或考驗心臟強度的事件。

至少，在四人進入餐廳的前十分鐘是如此。

「這是菜單與本季新品、今日主廚推薦。」

女侍者將牛皮菜單本、幾張手寫卡片分給蒲松雅等人，倒好水後掛著微笑離去。

胡媚兒一拿到菜單就馬上打開，在瞧見四人套餐之後眼睛一亮，她翻著菜單興致勃勃的問：「松雅先生，我們點四套這個好不好？」

「不好。」

蒲松雅拿手寫卡片拍胡媚兒的頭，低下頭繼續閱讀菜單道：「我們只有四個人，點十六人份的餐點也太引人注目了。」

胡媚兒嘟嘴道：「有什麼關係，反正我們已經引人注目過一次了。我想吃四人套餐，套餐中的前菜和主菜都是我上次沒吃到的。」

「妳可以點一套四人套餐，然後加點三、四道主菜。」

「點那麼少我哪吃得飽。」

「這種高級餐廳本來就是吃巧不吃飽的，以妳的胃容量，想吃飽別說四套四人套餐了，我看五套五人套餐都不……」

蒲松雅的話聲轉弱，他從胡媚兒眼中瞧見猛獸發現獵物時的光彩，立即意識到自己說錯話了。

胡媚兒合起牛皮菜單，側身朝站在四、五個桌子外的女侍者揮手。

蒲松雅一把抓住胡媚兒的手，緊繃著臉問：「妳想做什麼？」

「點菜。」胡媚兒目光凌厲的回答。

「妳該不會想點五套五人份套餐吧？」

「不，我要點五套五人份套餐，和兩套夏季特選套餐。」

「五套五人套餐就算了，妳還加碼嗎？點這麼多桌子會放不下啊！」

「沒關係，旁邊還有很多空桌。」

「那些空桌是要給別的客人坐的！而且就算不考慮桌子的問題，妳帶的錢和信用卡額度夠嗎？我先聲明，我不會借妳錢或幫妳刷信用卡！」蒲松雅急切的警告，但他突然想起自己說過類似的話，而根據過去的經驗，接下來……

「沒關係，我可以跟小正借錢。」胡媚兒挺胸道，她右手邊的宋燾正同時掏出黑卡，以行動支援狐仙的食欲。

在宋燾正的慷慨解囊下，胡媚兒如願點了將近三十人份的套餐，她抓著刀叉開心的等待上菜。

蒲松雅黑著臉縮在椅子中，視線釘在桌邊長得嚇人的出菜單上，安慰自己雖然他又像上回一樣因胡媚兒的暴食屬性成為目光焦點，但至少這次餐廳中沒人吵架或打架。

可惜，蒲松雅的自我安慰很快就破碎了。

「哎呀，這不是小松雅和小媚兒嗎？」

熟悉的話聲從走道傳來，蒲松雅與胡媚兒抬頭往發聲處看，瞧見一名身穿白底繡粉荷西裝的美青年走過來。

這名青年是蒲松雅的雇主，秋墳書店的擁有者——荷二郎。他是一位散發濃濃東方味的

秀美青年，烏溜溜的丹鳳眼嫵媚勾人，嫣紅薄脣上總是掛著淺笑，白皙皮膚與衣著上的粉紅荷花互相襯托，彷彿是從水墨畫中走出來的美人。

很多人會被荷二郎的美貌或笑容所迷惑，但蒲松雅不在這些人之中，相反的，他總是對荷二郎迷人的談吐舉止有著高度警戒。

「老闆……」蒲松雅下意識握緊椅子的扶手，盯著笑盈盈的荷二郎問：「你不是下週一才回國嗎？怎麼現在會在這裡？」

「我心血來潮，提前五天回來。」荷二郎緩緩的走到蒲松雅的椅子邊，眨眨眼故作期待的問：「小松雅有想我嗎？」

「沒有。你還沒回答我，你怎麼會在這裡？」

「我的房客請我來這家餐廳吃飯。」荷二郎眼角餘光瞧見胡媚兒站了起來，他搖搖手微笑道：「小媚兒妳用不著讓座給我，我……」

「你他媽的馬上給我滾回自己的破窩裡！」

充滿怒氣的話語突然冒出，蒲松雅、胡媚兒和胡瓶紫愣住，接著朝左或右轉頭，發現宋燾正不知何時摘下細框眼鏡，一面拉鬆領帶、一面朝荷二郎比中指。

宋燾正的亡兄，外號大流氓的前任刑警、現任城隍爺宋燾公宋大人，堂堂登場！

荷二郎的嘴角拉平，再恢復原本的弧度笑道：「宋先生對我還是如此不客氣，我倒是無所謂，但老是對人出言不遜，會影響自身的評價喔。」

「我的評價老早就寫死了，不勞你這隻老狐狸費心。」宋燾公站起身來，單手扠腰，對著荷二郎冷笑道：「真要說評價，你才要多多注意自己，老是頂著有毒的假笑，雖然騙得了白痴，但稍微有腦筋的人都會和你保持距離。」

「我在面對宋先生時，一向都是真誠的微笑。」

「那真是謝謝你的厚愛啊，我感動得都要吐了。」

「吐？腸胃不好可別拖延喔，早日就醫才不會惡化成大病。」

「我早就看過醫生了，醫生開給我的藥是將千年厚臉皮老狐狸的骨頭、尾巴和舌頭磨成粉吞下去。」

「狐狸的毛皮和骨頭可不是藥材，你看的醫生是庸醫吧？」

「是不是庸醫，你捐一節骨頭和舌頭給我，我吃完後再告訴你是不是。」宋燾公殺氣騰騰的勾手指道。

「一開口就說想吃了我，宋先生你也太熱情了。」荷二郎皮笑肉不笑的回答。

蒲松雅瞪大雙眼看荷二郎與宋燾公針鋒相對，他沒想過這兩人會認識，更訝異他們會一見面就吵起來。

這兩人彼此有仇嗎？

蒲松雅看向胡媚兒，胡媚兒則端起杯子猛喝水，一副「很可怕不要問」的模樣；而同一側的胡瓶紫也沒好到哪裡去，少年狐仙白著一張臉，努力的想維持鎮定，卻給人惶惶不安的感覺。

宋燾公沒注意蒲松雅的目光流動，他嫌惡的揮揮手道：「浪費時間的垃圾話到此為止，我們這桌沒你的位子，也沒人想和你喝茶聊天，聽懂了就快滾回你的桌子。」

荷二郎微微瞇起眼，揚起手攔下一名男侍者，擺出宋燾公口中「有毒的假笑」道：「請幫我們加一張桌子和椅子。」

「喂！」宋燾公拍桌怒吼。

「宋先生，我們也不是第一天認識了，你應該很清楚我的個性。」荷二郎露出花一般燦爛的笑靨道：「越是禁止的事，我就越是有挑戰欲。」

宋熹公的臉上冒出青筋，他脫下西裝外套低聲道：「你是存心想激怒我嗎？」

「你覺得呢？」荷二郎反問，隔著白方桌與宋熹公對視，在空中點燃無形的火花。

而在火花升級成火災前，胡媚兒縱身撲向宋熹公，雙膝跪地抓住對方的袖子吶喊：「熹公大人請息怒啊！我、我……我還想吃松露鵝肝醬菲力牛排、香料烤春雞、焗烤螺肉和珠寶馬卡龍拼盤啊！」

胡媚兒的喊聲響徹餐廳，令周圍的客人與侍者統統轉頭看過來。

宋熹公正面承受胡媚兒的大喊，先是整個人愣住，再一下一下震動肩膀，最後噗哧一聲大笑起來。

「小媚妳實在是……真是個可愛的小笨蛋！」

宋熹公伸手揉揉胡媚兒的頭，拉開狐仙、坐回自己的位子上，瞪著桌子另一端的荷二郎道：「為了不讓小媚難做人，我姑且忍耐你的存在，但也僅此而已，如果你給我玩花樣搞小動作，我很樂意拿椅子砸爛你的臉。」

「那可不行，你會被餐廳經理請出去的呦。」

「我會偽裝成正當防衛或過失殺人。」宋熹公做出割喉的手勢。

桌邊的溫度猛然上升，好在侍者在此時推著餐車過來上菜，驅散了兩人之間的灼熱。

不過熱空氣只是散去而非消失，侍者與餐車一離開，兩人又馬上開始你捅我一句、我諷刺你一串。

拜此之賜，蒲松雅這餐飯不只食不知味，腹部還隱隱作痛。

這頓令人胃痛的午餐持續了整整三小時才結束，不過荷二郎不知是好意還是想刺激宋燾公，趁著對方去上廁所時掏出黑卡結帳，還拿著帳單笑著說：「我怕你的卡片額度不夠用，所以就先結了，不用謝我。」導致當事人勃然大怒，差點真的掄椅子毆打荷二郎。

「荷二郎你他媽的在諷刺老子是窮鬼嗎！」

「燾公、燾公大人冷靜啊——」

「胡媚兒，左轉，左轉，左……妳踩到我的腳了！」

蒲松雅、胡媚兒和胡瓶紫一左一右一中央扣住宋燾公的雙臂與腰桿，艱難的將城隍爺拖出餐廳，塞進堅固的悍馬越野車。

蒲松雅關上駕駛座的車門，貼在門上喘口氣休息，接著起身握住後座的門。

不過在他拉開車門之前，一抹陰影先罩了上來。荷二郎不知何時走出餐廳，手握扇子站在蒲松雅面前。

蒲松雅好不容易安靜下來的胃再次躁動，放開車門臉色難看的道：「老闆，我們好不容易把宋燾公塞進去，請你別再過來逗……」

「你有動過八卦琉璃荷嗎？」荷二郎忽然開口問。

蒲松雅愣住一秒，搖搖頭道：「沒有，為什麼問這個？」

荷二郎沒有回答，他瞇起眼細細注視蒲松雅，沉默許久才伸出手碰觸人類的臉頰。

荷花的清香竄入蒲松雅的鼻腔中，他還搞不清楚發生什麼事，荷二郎就已收回手，一面後退、一面微笑道：「我今天過得很愉快，下次有機會再四個人一起吃飯吧。」

「是五個人，而且愉快的人只有你和胡媚兒，宋燾公快被你氣死了，我則是差點胃穿孔。」

「需要我介紹醫生給你嗎？」

「你少回兩句就好了。」

蒲松雅朝荷二郎揮揮手告別，目送對方轉身離去後，才打開車門上車。

當蒲松雅返回越野車內時，駕駛座上坐著的已不是捲起袖子的城隍爺，而是安靜重打領帶的專欄作家。

蒲松雅愣住，正想問宋燾公是不是走了時，同在後座的胡媚兒主動開口道：「燾公大人剛剛回去了。」

「他來去都這麼突然。」蒲松雅低語。

「其實燾公大人是偷溜出來的，他今天一整天都在地府開上半年會報，只有中午休息時間有空。」

「城隍爺也有半年會報？」蒲松雅皺眉問。

「當然有，每年農曆六月和十二月各有一次，其中六月的會報因為靠近鬼門開的日子，與會者除了各地的城隍爺外，還有土地公和地藏王菩薩。」胡媚兒微微抬起頭回想道：「大家會一起擬定今年的鬼門放行名冊、各地供品量的預估與分配表、普渡法會的名額統計和地圖，是非常重要的會議。」

「而我們的城隍爺從這麼重要的會議上溜出來，而且一溜就是三小時？他不怕被閻羅王吊起來打？」

「熹公大人的上司不是閻羅王，是酆都大帝。不過我聽說大帝自己也很愛偷溜，應該不會責備熹公大人。」

蒲松雅的臉色轉沉。城隍爺的綽號是大流氓，土地公是喜歡摸美女屁股的色老頭，然後酆都大帝會在會議上偷溜……這些神明是怎麼回事？

胡媚兒看出蒲松雅的焦慮，馬上擺出笑容安撫道：「不過松雅先生不用擔心，雖然每年的上半年會報總是有一堆人試圖蹺班，不過我們還有地藏王菩薩，地藏王大人總是能讓大家及時完成工作。」

「這真是讓人安心啊。」蒲松雅以「我一點也不安心」的口氣回話。

「沒錯，地藏王大人和觀世音大人可是並列天界『光是聽到名字就令人安心』的第一名呢！」

胡媚兒這回沒讀出蒲松雅的心思——她的「蒲松雅雷達」總是時好時壞。她微微抬頭蹙眉道：「不過熹公大人和二郎大人這次居然吵了三個多小時，希望熹公大人回去開會時，心情不會受影響。」

「這次？他們不是第一次在公開場合吵架？」

「他們兩位每次碰面都會吵架。」

胡媚兒歪著頭，罕見的露出疲倦的樣子道：「只要二郎大人和小正偶遇，或是來到城隍廟周圍，熹公大人就一定會衝出來趕二郎大人走，但是二郎大人絕對不會走，然後兩個人就吵起來了。」

「這也太誇張了，他們之間是有什麼深仇大恨嗎？」

「……」

「胡媚兒？」蒲松雅轉頭看胡媚兒。

「他們之間……」

胡媚兒的眼神左右飄移，咿咿呀呀了好一會，雙手合十對蒲松雅低頭道：「對不起，松雅先生！雖然我知道二郎大人和熹公大人過去的事，但如果我告訴你有關他們的事，就必須將另一件不能說的事說出來，而如果我把不能說的事說出來……我就吃不到明天的早餐了啊！」

蒲松雅嘆了口氣，「妳是想說『看不到明天的太陽』吧？」

▼※▲▼※▲▼※▲▼※▲

人在四種情況下會湧現睡意，一是精神或體力大幅消耗，二是吃飽後血液遠離腦部直奔胃部，三是劇痛下的自保機制，四則是生理時鐘走到休息時間。

蒲松雅沒有受到劇痛的折磨，也沒有睡午覺的習慣，不過他剛剛吃完一頓分量超量的午餐，經歷過三次精神折磨，又待在一輛行駛平穩的車子內，會被沉重的睡意籠罩也是理所當然的。

蒲松雅不知不覺闔上雙眼，意識慢慢飄離現實，返回自己無憂無慮的時代。

蒲松雅夢見了高中時期的自己。比現在年輕十歲的他背著書包走出教室，閃過不感興趣的同學，再被熟識的朋友喊住，看著對方低頭懇求他出借作業。

然而，少年蒲松雅與青年蒲松雅一樣，是個不太好說話的人，他沒有答應朋友的請求，而是繼續朝校門口走去。

放學時分的喧鬧聲漸漸湧向蒲松雅，而朋友的哀求聲也越來越大聲，他不耐煩的揮手想

驅離噪音，結果手一抬就碰到前座的椅背，人也瞬間轉醒。

一睜開眼，蒲松雅就瞧見夢中那扇深褐色的校門、頂著斜頂飛簷的警衛室，與鑲有「私立汴閣高級中學」金字的水泥牆出現在眼前。

蒲松雅愣住，接著從座椅上彈起來往反方向退，撞到背後玩牌的胡媚兒。

「哇哇哇我可愛的牌啊！」

胡媚兒手中的牌落了一地，她彎腰撿拾散落的牌道：「松雅先生，你不要突然靠過來啊！我的牌都被撞飛了。」

「抱歉。」蒲松雅抹抹自己的臉，彎下腰幫忙撿牌。

「松雅先生睡昏頭了啊……」

胡瓶紫的話聲讓蒲松雅的視線往上拉。

只見少年狐仙從前座探頭，笑咪咪的盯著人類道：「這輛車子雖然比普通的車子寬敞些，但是動作太大的話還是會打到人，請你注意一點別打傷媚姐。」

「我……」

「小瓶子，松雅先生都道歉了，你就別追究了啦。」胡媚兒拍胡瓶紫的肩膀一下，挺起胸膛道：「松雅先生的力氣那麼小，怎麼可能打傷我呢？對吧松雅先生？」

蒲松雅的回答是舉起雙手，掐住胡媚兒的臉頰後，用力的往左右拉。

「呼嚕呼嚕呼嚕嚕嚕——」

「妳說誰的力氣小了啊！別拿自己當標準，我在正常人類男性中力氣算大的好不好！」

蒲松雅掐到胡媚兒眼角泛淚才鬆手，靠回椅背上問：「我們為什麼在汴閣高中的校門口？」

「我們在等長亭出來。」胡媚兒捧著臉頰，淚眼汪汪的回答道：「長亭今天有社團活動，活動大概下午三點半會結束，但是太璞六點才下班，所以拜託我們幫忙接長亭回家。」

「太璞」是翁長亭的初戀情人石太璞，一名混過黑道但已經脫離道上的木訥青年。

翁長亭是胡媚兒的上個報恩對象，胡媚兒以家庭教師的身分接近她，靠占卜得知對方近期有死劫後，按照慣例拉蒲松雅下水調查。他們曾經懷疑石太璞是導致翁長亭死劫的凶手，最後發現真正威脅翁長亭性命的卻是她的父親翁藪，石太璞反而是少女的保護者。

石太璞與翁長亭在事件結束後，決定復合並且訂婚，目前正在張羅結婚典禮。

蒲松雅皺眉：「接她回家？」

「我們接下來要去拜訪長亭的家。」胡媚兒舉起雙手歡呼，期待的搖頭晃腦道：「然後和長亭、太璞共進晚餐，她前陣子為了學做菜加入烹飪社，準備了一桌好菜等著我們。」

「才剛吃完午餐，就又要吃晚餐了嗎？」蒲松雅低語，他有種胃裡塞滿石頭的沉重感。

「松雅先生要是吃不下，我可以幫你把你的分統統吃掉。」

「不管我吃不吃得下，妳都會把我的分吃掉啊！」

「我才沒有，我只吃松……」

胡媚兒話說到一半，就聽見自己的手機鈴聲，她趕緊拿起手提包翻出手機，解鎖接通電話道：「喂，長亭！妳那邊結束了吧？我和松雅先生在校門……欸？妳說什麼……這麼嚴重！需要我幫忙嗎？我們可以……好吧，那妳自己小心，待會見。」

蒲松雅看胡媚兒由欣喜轉為消沉，在對方掛斷電話後馬上問：「怎麼了？」

「長亭說，她還要四十到五十分鐘才會出來……」胡媚兒垮下肩膀頹喪的道：「她在收拾烹飪教室時，不小心打翻麵粉袋，再撞倒裝水的杯子，然後在清理這兩者時，又不小心把橄欖油潑出來。」

「連續打翻麵粉、水和橄欖油？她也太笨手笨腳了吧。」

「長亭不是笨手笨腳！長亭只是……」

胡媚兒的話聲拉長，沉默許久後垂下頭道：「只是一進廚房就很笨手笨腳。」

那不就是笨手笨腳嗎？蒲松雅在心中反問，不過看在胡媚兒失落到整個人融入陰影的分上，他沒有把話說出口。

蒲松雅從自己的背包中拿出一本書，看著泛黃的舊書，聽著其他三人的玩牌聲消磨時間。

他很快就沉入書中的世界，沒注意到周圍的說話聲與紙牌摩擦聲消失，直到合起書本活動脖子時，才發現車內三人全盯著自己看。

蒲松雅下意識後退問：「你們在看什麼？」

「松雅先生，你是汴閣的校友吧？」胡媚兒問。

「而且媚姐說過，你是有校友證的校友。」胡瓶紫補充。

蒲松雅警戒的注視兩人道：「我是汴閣的校友，也的確有校友證，那又怎麼樣？」

宋熹正舉起平板電腦，上頭列著汴閣高中的校規。

「七、出入本校之人員須登記，且須具備學生、學生家長、教職員、畢業校友之身分，或為執行救護工作之軍警消、醫護人員，不具備以上資格者若欲進入校園，應由具備以上身

分者陪伴。」

蒲松雅看著平板電腦，沉默片刻問：「你們希望我帶你們進汴閣逛逛？」

胡媚兒、胡瓶紫和宋燾正一起點頭，對蒲松雅投以期待的目光。

蒲松雅沒有被三人的視線打動，反而馬上搖頭道：「我拒絕，現在太陽那麼大，外頭熱得要命不適合走動。」

「松雅先生怕熱的話，我可以借你陽傘。」胡媚兒從手提包中抽出一把蕾絲陽傘。

「我有帶清涼噴霧。」胡瓶紫拿出藍色噴霧罐。

「給。」宋燾正不知從哪掏出一把芭蕉扇。

蒲松雅盯著眼前的消暑道具，嘴角抽搐兩下推開散熱道具道：「我不知道你們在期待什麼，汴閣的校舍和一般高中沒兩樣，胡媚兒妳還透過偷拍影像看過。你們要是好奇，就回想自己的高中母校，汴閣就差不多是那個樣子。」

「看影片和實際走感覺不一樣啊，而且我沒有讀過人類的高中！」胡媚兒嘟嘴道。

「我也沒有。」胡瓶紫附和。

宋燾正舉起平板電腦亮出一則新聞，內容是北市某男學生因為飽受霸凌，高中三年皆在

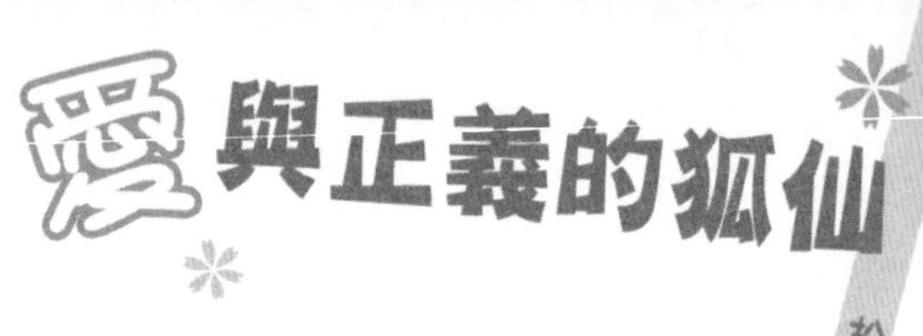

家自修，卻以滿級分考上大學。然後，他指著自己的臉補充：「我。」
蒲松雅瞪直雙眼，扶著額頭無力的道：「我先聲明，人類的高中不有趣也不漂亮，只是一堆方方正正的教室與辦公室的組合體，而且還附帶一群毛毛躁躁的小鬼，別抱持太多期待，懂嗎？」
「嗯嗯，我知道！」胡媚兒喜孜孜的點頭。
「人類的高中可以拍照嗎？」胡瓶紫拿出相機。
宋燾正將平板電腦的畫面從新聞換成煙火，把芭蕉扇遞向蒲松雅。
這群人……蒲松雅的嘴角抽搐兩下，放棄掙扎抓著芭蕉扇下車。
四人在警衛室出示校友證、留下身分資料後，穿過校門進入汴閣的校園中。
汴閣高中是一所有二十三年歷史的老學校，十多年來學校周圍從田地變樓房，樓房再改建為大樓，而汴閣自身也做過不少擴建與整修，但校舍仍維持創校時白牆紅瓦、方形花窗的中式風格，宛如一名夾在現代物品之中的婉約仕女。
蒲松雅踏進久違的母校，站在挑高的穿堂往校內望，看著比自己就讀時高上一大截的綠

樹、立於老花圃中央的嶄新金屬雕塑，才剛湧起今昔變化之感，就突然被某人抓住手臂拉回現實。

胡媚兒抓著蒲松雅的左手，手指穿堂右側的的長廊問：「這條走廊最裡面的房間是做什麼的？」

蒲松雅看了走廊一眼道：「福利社，賣東西和領課本、制服的地方。」

「福利社旁邊的是？」

「視聽教室，放影片和偷睡覺的地方。」

「視聽教室旁邊的又是？」

「地科教室，上地球科學的。」

「那地科教室再過去是？」

「教官室，教官休息……」

蒲松雅驟然失去耐性，搶回自己的手道：「教室上方統統有掛名牌，妳不會自己看嗎？」

胡媚兒左右晃動身子道：「自己看很無聊，不好玩啊……」

「那妳拿這麼無聊的問題問我，我就不會覺得不好玩嗎？」蒲松雅彈胡媚兒的額頭。

「嗚嚕！」胡媚兒壓著額頭，翹起嘴巴小聲道：「松雅先生又不愛玩，不好玩一點也沒關係嘛……」

蒲松雅的回應是舉起手，朝胡媚兒的臉頰伸過去。

胡媚兒緊急後退，將宋燾正拉過來當盾牌道：「開、開玩笑的，松雅先生這麼好玩，怎麼可能是不愛玩的人呢？你一定是很愛玩超愛玩非常愛玩的人！」

「……」

「好了、好了，大家都冷靜下來。」胡瓶紫舉著雙手打圓場，望向蒲松雅微笑道：「接下來我們自己逛就行了，請松雅先生回車上休息，自己找好玩、有趣又不無聊的事做。」

蒲松雅的臉上瞬間爆出青筋，可惜在他做出反擊前，胡瓶紫已經拉著胡媚兒的手，消失在長廊轉角的樓梯口。

他瞪著吞掉三人的樓梯，仰起頭深呼吸數次，搖著芭蕉扇朝校內走去。

沒錯，蒲松雅沒有回到越野車內——雖然他的皮膚正被太陽燒烤著，但蒲松雅反而開始在校園中漫無目的的亂走。

他經過連接校舍的迴廊，從教師辦公室旁的樓梯上到三樓，站在走廊的花臺邊，低頭俯

瞰中庭花園與操場。

花園中沒有人影，但操場上則能看見不少體育社團的社員在跑道、籃球場與排球場上，休息或做著奔跑、傳接球之類的訓練。

這是蒲松雅所熟悉的畫面，暗紅色的操場跑道和不太茂密的橢圓形草地，綠底白線的籃球場與藍色球架，鐵灰色的排球網柱與網子，全都和他記憶中一致。

可這也是他所陌生的景象，橢圓形草地的一角架起網子，供成立不滿三年的棒球隊做投球練習；籃球場與排球場上練習的少年少女沒有穿著社服，而是依照個人喜好與方便打扮。

「這裡也不一樣了呢……」

蒲松雅喃喃自語，轉過身將視線收回，眼角餘光掠過教室的門牌，整個人猛然愣住。

門牌上的白字寫著「一年九班」，亦是蒲松雅初進汴閣高中時待的班級，他循著十年前的習慣，不知不覺走回舊教室。

蒲松雅緩慢的往前走，站在教室的窗臺前往內看，裡頭的桌椅已從木桌椅換成塑膠座椅，掃具櫃的位置也有所改變，但壁櫃仍鑲在原處。

——松雅同學？

——有事嗎？

——哇，臉好紅，你還好嗎？

昔日的記憶在蒲松雅腦中重新放映，他曾在那排舊櫃子前邀心儀的同學出遊，然而當時的他太過青澀與膽小，沒能成功將邀請之語吐出。

不過，最後蒲松雅還是如願與暗戀的女孩出遊，因為他不是一個人，他身邊還有絕對不會離棄自己的兄弟在。

——阿雅！

「松雅先生！」

回憶與現實中同時響起蒲松雅的名字，他愣了一會回頭往後看，瞧見胡媚兒抓著手機，從走廊另一頭跑過來。

「長亭剛剛傳簡訊告訴我，她那邊結束了，要到校門口和我們會合。小正和小瓶子已經回去了，我們也快點走吧！」

胡媚兒將手機舉到蒲松雅面前，卻看見對方神色怪異的盯著自己，她放下手機、歪著頭問：「你怎麼了？肚子痛？」

蒲松雅張口卻沒發出聲音，凝視胡媚兒困惑的臉片刻，手插口袋走向樓梯口道：「我沒事，我們回車上吧。」

胡媚兒跟上蒲松雅，走在對方的右手邊問：「松雅先生，汴閣的告白樹是哪一棵啊？我到處找都找不到。」

「告白樹？那是什麼東西？」蒲松雅側頭問。

「傳說中只要在樹下告白，就會相守一生的大樹啊！人類的校園中不是都有這種樹？」

「哪個人告訴妳，人類的學校裡有這種怪樹？」

「電視上的校園介紹節目啊！」胡媚兒拿出小冊子唸道：「除了告白樹外，還有不存在的第十三階、會自行演奏蕭邦小夜曲的音樂教室鋼琴、微笑的石雕像和行走的保健室人形，諸如此類有趣的東西。」

「是諸如此類鬧鬼的東西！妳看的是校園怪談節目吧？那些都是騙人的，堂堂狐仙別被人類的鬼怪節目唬住。」

「什麼！那些校園傳說全是假的？沒有一件是真的嗎？」

「沒有。」

蒲松雅很肯定的回答，然後他邊糾正胡媚兒對於人類高中的錯誤認知，如學生會不是學校權力的中心、學生會會長不特別高不特別帥不特別有錢、學校不會舉辦校園公主與王子選拔……邊和狐仙一起返回校門口。

當兩人走到校門口時，翁長亭已經在外頭等著兩人。

「老師、蒲先生！」

翁長亭在車前揮手呼喊，她穿著清爽的藍色連身洋裝，蕾絲裙襬在膝蓋上搖晃，滾著荷葉邊的肩帶摩擦鎖骨，纖細的腳足踏著白色涼鞋。

「長亭——」胡媚兒張開雙手奔向翁長亭，一把抱住少女的身體道：「好久不見啊！妳的氣色比之前好，捏起來也比較有肉。」

翁長亭縮起脖子緊張的問：「我是最近胖了兩公斤……是不是減回原體重比較好？」

「不用減、不用減，妳之前太瘦了，應該再胖三、四公斤才對。」胡媚兒拍拍翁長亭的背脊，打開後座車門自己先坐進去，再拍拍皮椅催促另外兩人上車。

宋燾正在所有人都進入車廂後，踩下油門朝大馬路駛去，循著電子地圖的指示朝翁長亭家前進。

胡媚兒迫不及待的找翁長亭聊天，內容從介紹車內的人，到新上映的電影與電視劇，雀躍的話語在車廂中迴盪。

「……我超期待的呦，等了那麼多年終於等到我的男神復出！」

胡媚兒興奮的比手畫腳，視線偶然滑過蒲松雅的臉，發現對方側頭看著翁長亭的裙襬。她的嘴與手瞬間靜止，抓起手提包撲到翁長亭的腿上，舉起包包遮住蒲松雅的雙眼。

蒲松雅嚇一大跳，推開手提包怒問：「胡媚兒妳發什麼神經！」

「不行行行！」胡媚兒將手提包壓回去，認真嚴肅的大喊：「就算是松雅先生，一直盯著女孩子的大腿看，也是會被當成變態的，我要守護你的名譽！」

「妳明明是在破壞我的名譽好嗎！」

蒲松雅抓起遮住視線的手提包，氣急敗壞的澄清道：「我沒有在看翁長亭的大腿，我是在想事情！」

「想什麼事？」

「在想翁長亭是不是被社團的人欺負了！」

蒲松雅話一說完就後悔了，他瞧見翁長亭的表情從微笑變成訝異，胡媚兒則是在短暫的呆滯後迅速轉怒。

胡媚兒迅速爬起來，扣住翁長亭的肩膀問：「長亭，又有人欺負妳了嗎？告訴老師，老師幫妳揍扁她們！」

「胡媚兒妳冷靜點！」蒲松雅拿手提包敲胡媚兒的頭，將她的手拉開道：「這只是我的猜測，沒有直接證據，妳別隨隨便便就當真。」

「沒有直接證據，那是有間接證據嗎？」胡瓶紫突然插話，看著錯愕的蒲松雅，他微笑道：「松雅先生，現在是遵循誠實主義的時候，請你不要再隱瞞，否則又要像上次一樣，因為沒將重要發現告訴媚姐，害自己中彈入院了。」

這個小鬼話中帶刺的次數也太多了吧！蒲松雅的臉上浮現青筋，斜眼看著窗外道：「也算不上什麼間接證據，只是人數、服裝和打掃時間對不上，還有她的裙子上有汙漬……幾點罷了。」

「什麼？」胡媚兒問。

「翁……我是說長亭晚離開社團的原因，是因為不小心打翻麵粉、水和橄欖油吧？這三

者混在一起是很難掃，但是有難到要掃四十分鐘嗎？」

蒲松雅邊問邊將臉轉向翁長亭，看著少女動搖的臉道：「我想不需要，尤其在有其他社員幫忙的情況下更是如此，所以這『四十到五十分鐘』掃的不只有妳自己打翻的物品，恐怕還有……整間烹飪教室？她們看妳今天穿得特別漂亮，所以刻意要妳掃教室，好弄髒妳的衣服，對吧？」

翁長亭沒有回答，只是微微低下頭，將手壓在大腿上。

胡媚兒睜大雙眼注視著翁長亭，握住對方的手焦急的問：「長亭，松雅先生說的是真的嗎?烹飪社的人真的把整間教室的打掃工作都丟給妳一個人？」

「……」

「長亭！」

「蒲先生說的都是真的。」翁長亭抬起頭，僵硬的笑了笑道：「老師妳別生氣，這是新進社員的工作，學姐們只是想讓我熟悉教室的設備，不是要欺負我。」

「這就是欺負，實實在在、絕絕對對的欺負!竟敢傷害長亭，看我把那群不識相的……嗚嚕！」

蒲松雅雙手拍上胡媚兒的臉道：「妳是哪來的流氓？別老是想用拳頭解決問題，動動腦子啊！」

「那種欺負弱小的人，就是要用拳頭矯正他們——我的大師兄是這麼告訴我的。」胡媚兒舉著拳頭強調。

蒲松雅翻白眼，直視胡媚兒嚴肅的道：「首先，妳的大師兄動作片看太多了。第二，我們不是長亭的老師、同學或家人，也沒受過專業社工的訓練，不適合介入這種事。」

「我們之前不也介入翁藪虐待長亭的事？松雅先生還為此擅闖民宅！」

「當時情況緊急，我沒得選才自己衝進長亭的家好嗎？」

「就算情況緊急，你應該也可以告訴我……」

「停。」

宋燾正的聲音與芭蕉扇同時插入兩人之間，他趁著紅燈時從駕駛座回頭，用扇子隔開蒲松雅與胡媚兒，再反手以扇子充作麥克風，伸到翁長亭面前問：「自己？」

翁長亭愣了一會，理解宋燾正的問題後露出微笑道：「沒問題，我能自己處理，大家不需要為我擔心。」

「自己處理？」胡媚兒的話聲飆高，扣住翁長亭的手腕問：「妳要怎麼自己處理？對方的人數比妳多，力氣也比妳大啊！」

「妳別老是用拳頭思考……」蒲松雅扶著額頭低語。

翁長亭搖搖頭，反握胡媚兒的手道：「我很高興老師這麼擔心我，但是我已經不是過去軟弱的我，現在的我有自信，而且還擁有最強大的武器。」

「最強大的武器？」胡媚兒和蒲松雅同聲問。

「紅色炸彈。」

翁長亭從自己的側背包中拿出三張粉紅色的喜帖，掛著幸福的笑靨道：「就算同學和學長姐都排斥我，師長們也因為父親的事對我敬而遠之，但是我還有阿太。」

胡媚兒眨眨眼，恍然大悟道：「原來如此……妳現在有太璞當妳的心靈支柱。」

「不只是如此。」翁長亭將喜帖遞給車內的三人，雙手合起，俏麗的笑道：「每次有人說我是黑道的女人，拿某些不堪入耳的話批評我時，我就會把喜帖送給這些人，告訴他們我和阿太訂了一桌五萬塊的酒席，席上不收禮金，就算沒錢包紅包也沒關係，人到心意到就可以。」

你們愛罵就去罵，但是老娘現在過得超幸福又超有錢，你們這群愚民就嫉妒到死吧——翁長亭的笑容、眼神與手中的喜帖，統統透露著這個意思。

而車內四人充分接收到少女的訊息，他們各自靠回自己的椅背上，在紅燈轉綠時重新聊起最近的娛樂圈八卦。

▼※▲▼※▲▼※▲▼※▲

越野車在夕陽時分到達翁家，女管家王嬸早早就站在大門口等待，一看到車子就立刻打開鐵柵門。

「歡迎光臨！」

王嬸招手引導越野車開向停車處，在車子停下後主動幫客人打開車門。

蒲松雅一面下車、一面環顧左右，他沒像上次造訪翁家一樣，被周圍的景物震懾住，因為此處與他六年前生活時已大大不同。

翁家在男主人死亡後有了大改變，院子的圍牆不再是空洞的白，而是明亮暖和的藍；院

子內的杏花樹與造景用籬笆皆已消失，取而代之的是一整排的香草盆栽，還有一架雙人座的白色歐風鞦韆。

翁家的主屋也有所不同，外牆整個刷白，窗臺與門則換成天藍色，再加上由貝殼串起的掛飾，宛如地中海的度假小屋。

胡媚兒也同樣注意到這些變化，她驚呼一聲抓住翁長亭的手臂道：「長亭，妳家變得好漂亮啊！」

「這是阿太的功勞，他花了整整一個半月的時間，和朋友一起翻修院子和主屋。」

翁長亭牽著胡媚兒的手，朝主屋走去道：「老師我們進屋吧，我去做飯，王嬸會帶你們看看其他地方。」

王嬸臉上的笑容僵住，靠近翁長亭道：「小姐，我想還是讓我幫……」

「王嬸，我一個人可以的。」翁長亭朝王嬸笑了笑，將所有人推進屋中，然後自己走進廚房裡準備晚餐。

王嬸帶著蒲松雅等人參觀主屋，再將人帶回客廳，送上熱茶與點心後，才依依不捨的下班回家。

四人留在客廳中，蒲松雅喝茶看書，胡媚兒滑手機玩遊戲，宋燾正用平板電腦寫稿子，胡瓶紫則取出筆記本與鉛筆畫設計稿。

客廳內除了偶爾出現的翻頁聲外，靜悄悄的，沒有其他聲響。但也因為這樣，當走廊那頭傳來巨響時，所有人都被嚇到了。

「框啷啷！」

「碰咚咚咚！」

「哇啊啊啊——」

翻倒、撞擊和尖叫聲疊在一起，客廳內的眾人先是呆住，接著紛紛站起來奔向走廊。

聲音來自走廊盡頭，眾人先聞到燒焦味，接著看見混亂至極的廚房。

切成小丁的紅蘿蔔一半在流理檯上，一半撒在地上；湯鍋裡的湯咕嚕咕嚕的逃往鍋外，湯料與湯汁濺上瓦斯爐，而湯鍋的鄰居平底煎鍋正冒著黑煙；碎盤子與碎碗占據了三分之一的地板，另外三分之一則是滾動的毛豆仁。

翁長亭坐在蔬菜與碎片之間，一看到其他人就發出嗚咽聲，手遮著臉哭了出來。

胡媚兒趕緊跨過門檻，扶起並安撫翁長亭；宋燾正拿起智慧型手機，以連拍模式默默做

紀錄；蒲松雅在短暫的驚愕後衝進廚房，左手關火、右手拿開湯鍋的蓋子；胡瓶紫晚蒲松雅一步回神，拿起放在角落的掃把與畚箕，將地上的碎碗碎盤掃起來。

「對不起，非常非常對不起！」翁長亭抖著肩膀哭泣道：「我不小心踩到紙捲，想抓住什麼以免自己摔倒，結果……為什麼我總是這樣？我明明練習過那麼多次了，為什麼還是做不好？」

胡媚兒抱緊翁長亭道：「長亭妳別哭，人都有不擅長的事，就像我不擅長動腦子，松雅先生不擅長喝酒。」

「我不是不擅長喝酒，而是沒有妖怪一般的酒量。」蒲松雅低頭糾正，拿起鍋鏟與燒焦的平底鍋，走到垃圾桶前一面鏟鍋子、一面道：「不過扣除舉例之外，胡媚兒說得對，人都有怎麼練都練不好的事，這種時候放棄比較好。」

「我不想放棄。」翁長亭低垂著頭抽泣道：「我想親手煮一頓飯給老師、蒲先生、阿太和王嬸吃……一頓就好，為什麼我老是辦不到？」

胡媚兒抿嘴注視自己的學生，沉默片刻後抬起頭道：「松雅先生，幫幫長亭吧。」

「哈？」

「你來指導長亭做飯，完成長亭的心願。」胡媚兒起身抓起蒲松雅的雙手，目光筆直的道：「我對松雅先生有信心，你那麼會煮飯，如果願意指導長亭，長亭一定可以如願把晚餐煮出來。」

「會煮和會教人煮是兩回事，再說我也沒用過翁家的廚房。」

「我可以擔任松雅先生的助手！」胡瓶紫舉手。

「等一下！我還沒有答應要……」

「圍裙。」

宋燾正不知從哪挖出兩件一黑一白的蕾絲圍裙，他將黑圍裙掛到蒲松雅的脖子上，白圍裙交給胡瓶紫。

蒲松雅的嘴角一下一下抽動，正想將圍裙扯下來扔到地上時，他和翁長亭圍裙上的小貓對上視線。

翁長亭的圍裙胸口處繡了一隻三色貓，貓兒微微仰起頭，圓圓的黑瞳與墨綠色的眼白對準蒲松雅，像在乞求著什麼……不，不是像在乞求，這隻三色貓就是在乞求！用牠圓滾滾的大眼、毛茸茸的臉頰與尖尖的雙耳向蒲松雅傳達「請幫助我的主人」。

在小貓對蒲松雅施以閃亮大眼攻擊時，胡媚兒也轉身抓住蒲松雅的褲管，搖晃著沒現形的狐尾懇求對方點頭。

蒲松雅盯著貓與胡媚兒，右手握拳、鬆開、再握拳……如此反覆三、四次後，嘆一口氣道：「我知道了，我幫就是了。」

「萬歲！」胡媚兒跳起來，勾住蒲松雅的手臂道：「松雅先生我想吃烤雞、牛排和豬肉丸子。」

蒲松雅抽回手道：「誰准妳點菜了？我要先看看冰箱裡有什麼食材、長亭打算煮什麼，然後才能決定晚餐煮什麼。」

「小正，載我去附近的大賣場買全雞、牛排和豬絞肉。」

「胡媚兒妳給我回來！」

▼※▲▼※▲▼※▲▼※▲

由於蒲松雅動怒大吼的關係，胡媚兒只能放棄美味的烤雞、牛排與豬肉丸，被對方踢回客廳喝茶等吃飯。

廚房內從擁擠的五人減為三人，蒲松雅擔任大廚，胡瓶紫與翁長亭是助手。三個人各自站在瓦斯爐、流理檯、水槽與冰箱之間，一個負責拿與清洗食材，一個將蔬果肉類切塊和遞調味料，最後一個則將食物變成菜餚。

途中除了翁長亭不小心將袋裝番茄摔到地上一次、踢到胡瓶紫跌倒兩次，以及在蒲松雅要她嘗試炒肉片時，差點將白醋當沙拉油用外，並沒有發生什麼意外。

三人在廚房中忙了一個半小時，煮出四菜一湯一甜點，而在他們準備把菜餚端到餐桌時，石太璞也回來了。

「小亭！」翁長亭的未婚夫兼初戀情人——石太璞一面在玄關拖鞋、一面大喊，拎著沾有油漆的褪色外套走進屋內。

「阿太！」翁長亭聽見石太璞的聲音，顧不得身上還穿著圍裙，轉身就往玄關跑，張開手臂撲向戀人。

石太璞穩穩的接住翁長亭，圈著少女纖細的身軀皺眉道：「小亭，我還沒換衣服，身上全是汗味和灰塵啊。」

「沒關係，我不在意，不管是髒髒的阿太還是乾淨的阿太，統統都是我的阿太。」

「妳啊……」石太璞苦笑著低語，將翁長亭圈在自己脖子上的手解開道：「我去沖澡，飯如果煮好的話，妳先吃別等我。」

「我會等你。」

「都叫妳別等了！」

石太璞輕輕推開翁長亭，他走向走廊右側的浴室，在經過餐廳時看到蒲松雅等人，停下來點一下頭才繼續往前走。

胡媚兒盯著石太璞的背影，伸手抓住蒲松雅問：「松雅先生，你會不會覺得，太璞比以前黑了好多？」

「阿太因為換工作的關係曬黑了。」翁長亭走進餐廳，脫下圍裙放到椅子上道：「他考慮到招待所的工作主要是晚上，會影響到我們相處的時間，所以改去工地上班。」

蒲松雅有點訝異的道：「他比外表看起來體貼呢。」

「阿太一直都很體貼。」翁長亭自豪的回答，望著戀人離去的方向道：「不過如果可以的話，我更希望阿太待在家裡就好，他性格好人又帥，在外面跑一定會吸引很多女人。」

「石先生很受女性歡迎？」胡瓶紫問。

「非常受歡迎喔，他一辭掉招待所的工作，就馬上有將近七、八名女子來找阿太，說自己可以提供他新工作，其中還有五個人說薪水隨便阿太開。」翁長亭收緊手指，低下頭喃喃自語道：「果然還是應該把阿太關在家裡，放他在外面太危險了。拿鎖鏈……不，這樣阿太會反抗，還是用無形的東西……好，就這麼辦！」

蒲松雅四人聽著翁長亭的低語，心中不約而同冒出相同的吶喊——

最危險的人是妳吧！

也許是因為翁長亭說會等待的關係，石太璞洗澡洗得非常快，只隔了不到十分鐘後，就返回餐廳。

當石太璞進餐廳時，所有人都已經就坐，菜與湯也都從廚房轉移到餐桌上。

石太璞看著滿滿一桌沒燒焦沒煮糊，聞起來還十分不錯的菜，頗為驚訝的問：「小亭，這些是妳還是王嬸弄的？」

「是我和蒲先生、瓶紫一起煮的。」

翁長亭勾住石太璞的手臂，將人帶到自己旁邊的位子，拿起筷子夾起一口菜，送到戀人的嘴邊。

石太璞面露難色——他不習慣在外人面前表現親密，但最後還是張開嘴，咬住筷子上的菜，咀嚼幾下後將菜嚥下肚。

翁長亭湊近石太璞問：「怎麼樣？」

「比想像中好，不過果然是小亭煮的菜。」

「果然是我煮的？」翁長亭問。

她還沒聽見石太璞解釋，斜對面的胡瓶紫就猛然咳嗽，放下碗壓著嘴巴道：「湯……排骨湯好酸！」

「排骨湯怎麼會是酸的？」

蒲松雅邊問邊站起來舀湯，剛將湯含入口中，味蕾就立刻被酸味侵蝕，險些將湯吐了出來。他勉強吞下那口湯，然後馬上倒水漱口，望著桌上的其他菜餚，他猶豫幾秒後將筷子伸過去。

味道有問題的果然不只有湯，翁長亭送進石太璞口中的炒青菜是甜的、涼拌小黃瓜宛如

黃瓜形狀的芥末條嗆得要命、洋蔥炒肉片吃起來像鹽塊、清蒸鱸魚苦得難以下嚥、糖蜜梨子又麻又辣。

一整桌的菜不是味道亂套，就是調味過重，或者兩者兼具，雖然色澤與形狀沒出錯，但只是讓人覺得這是一桌精心製作的整人料理罷了。

胡媚兒咀嚼著小黃瓜，捧著臉頰轉向蒲松雅道：「好嗆好麻好辣！這是松雅先生研發的新菜單嗎？」

「怎麼可能啊！」蒲松雅敲胡媚兒的頭。

「本來以為有松雅先生把關就不會出錯，沒想到我和長亭姐的部分都沒問題，反倒是松雅先生的調味卻……」胡瓶紫話說到一半，才發覺所有的人——尤其是蒲松雅——都盯著自己看，他連忙揮舞雙手道：「不是的！我不是在指責松雅先生，我只是很意外會敗在調味上……」

蒲松雅直直瞪著胡瓶紫，緊握手中的塑膠筷，驟然轉身朝翁長亭深深一鞠躬道：「對不起，是我的錯，我把妳的晚餐搞砸了。」

翁長亭沒想到蒲松雅會慎重道歉，她搖頭想請對方起身，可是眼淚卻先一步滾出眼眶，

再也壓抑不住失望哭了出來。

「長亭——」胡媚兒大喊，抓起櫃子上的衛生紙跑到翁長亭身邊，蹲在椅子邊柔聲安慰少女。

石太璞眼見戀人哭成淚人兒，先瞪了蒲松雅一眼，再拿起空碗走向飯鍋，給自己添一大碗白飯，然後回到餐桌邊夾起黃瓜、肉片和清蒸魚，以驚人的速度大吃起來。

翁長亭聽見稀哩呼嚕的吃飯聲，抬頭往上看，倒抽一口氣站起來道：「阿太，這些菜煮壞了，你別……」

「這些是小亭妳煮給我的菜！」石太璞低吼，塞下一大口飯菜含含糊糊的道：「這樣就夠了，我會全部都吃掉。」

「我、我不是為了折磨阿太的味蕾，才下廚做飯的啊！」

「我又不是因為小亭很會煮飯，才決定要跟妳過一輩子！」

石太璞放下空碗，將翁長亭拉進懷中，笨拙但堅定的擁抱對方道：「妳現在這樣就很好了，不管妳會不會煮飯、唸書有沒有第一名、是胖的還是瘦的，小亭就是小亭，是我的老婆小亭！」

翁長亭睜大雙眼，抿起嘴顫抖片刻，抱住石太璞大哭起來。

蒲松雅四人隔著餐桌注視兩人，他們彼此對看一眼，拿起自己的碗筷，添完飯夾好菜後，默默離開餐廳改到客廳用餐。

第五章 蒲家兄弟的傷痛

儘管晚餐的湯、菜與甜點的味道一團亂，但眾人還是一邊灌水、一邊將整桌的菜吃完。

晚餐過後，眾人在客廳看電視聊是非，直到月亮升至天頂，才在院子裡擁抱話別。

胡媚兒靠在越野車的皮座椅上，看著照後鏡中慢慢遠去的翁家道：「松雅先生，長亭看起來很有精神，話和笑容也比以前多好多呢。」

「嗯。」

「她應該已經脫離家暴的陰影了吧？我本來還擔心她會走不出來，但現在看起來是我想太多了，長亭遠比我想像中堅強。」

「嗯。」

「然後太璞也比我想像中疼長亭，我還以為像他這種粗手粗腳的男人，一定會很粗心粗魯，結果他比我還懂長亭需要什麼。」

「嗯。」

「……松雅先生，我們到你家續攤好不好？」

「想都別想。」蒲松雅斜眼瞄向胡媚兒，不等對方發問就主動道：「我有沒有在聽妳說話？沒有。我是不是心情不好？是。我為什麼心情不好？不告訴妳。」

「嗚！」

胡媚兒整個人往後彈，正想用耍賴的方式挖出答案時，前座的胡瓶紫忽然把頭轉過來，一臉緊繃的問：「媚姐、燾正大人，可以找個地方停車嗎？」

胡媚兒點頭道：「當然可以，不過為什麼？」

「我……」胡瓶紫撇開視線，略帶尷尬道：「需要解決一下生理問題。」

「生理問題？你尿急嗎！尿急可不能等。小正，這附近有廁所嗎？」胡媚兒拍駕駛座的椅背問。

「找找。」宋燾正空出一隻手去點電子地圖，動作迅速的搜尋最近的商家。

「我記得這附近好像有公園。」胡瓶紫道。

「公園？」蒲松雅問，可惜他的發問很快就被胡瓶紫的聲音蓋過去。

「在這裡。」胡瓶紫指著位於斜上方的綠色圖示，微微抖著聲音道：「雖然不確定裡面有沒有廁所，但是……我不想在馬路上解決，這太丟臉了。」

「小瓶子你忍著點，我們馬上開去公園。小正，拜託你了！」

「坐好。」

宋燾正打轉方向盤，踩下油門朝通往公園的小徑駛去，以高超的技巧左彎右拐，衝向位於上坡路旁的公園。

車子停在公園的入口處，不過車門外的綠地與其說是公園，不如說是一處被遺忘的廢墟。公園內的六盞路燈中，三盞滅，兩盞忽明忽滅，只有一盞正常；花圃內沒有花朵只有雜草，水泥矮牆上掛著裂痕；蹺蹺板、溜滑梯、長椅等設施被藤蔓所擄獲，石板步道已碎裂成碎石子步道。

不過，即使這座公園如此荒蕪與偏僻，卻是一座有公共廁所的公園，只是廁所外牆也和遊樂設施一樣，被茂密的藤蔓所包圍。

胡媚兒第一個跳下越野車，她一眼就發現位於公園右側的公廁，指著幽暗的方形建築物道：「小瓶子，廁所在那裡，要我陪你去嗎？」

「不用，我可以自己去。」胡瓶紫打開車門下車，向前走了幾步再回頭問：「大家要不要一起去？晚餐時我們每個人都喝了不少水，萬一在路上有需要就麻煩了。」

「那我也去上一下。小正和松雅先生呢？」

「加一。」宋燾正舉手回答。

「……」

「松雅先生？」

胡媚兒轉頭看後座，只見蒲松雅將臉轉向窗外，一動也不動的坐在陰影中。

狐仙皺皺眉，她將身體探進車內，伸長手臂想拍醒蒲松雅，結果手指才剛碰到對方的肩膀，就立刻被對方大動作的揮開。

蒲松雅維持揮手的姿勢，他的臉緊繃如岩石，背脊緊緊壓在車門上，彷彿被看不見的猛獸逼到角落。

胡媚兒被蒲松雅的模樣嚇到，愣了兩、三秒才開口問：「松雅先生，你還好嗎？」

「……沒事。」蒲松雅回答，但是即使有陰影作掩護，旁人仍能看出他的臉色慘白。

胡媚兒由驚訝轉為警戒問：「怎麼了？這裡有什麼不對勁嗎？」

「沒事。」

「你看起來明明很有事！松雅先生，你如果有狀況要……」

「媚、媚姐！」胡瓶紫在車子外大喊，夾緊雙腳窘迫的道：「我們、我們先去上吧，松雅先生如果不舒服，就讓他留下來看車。」

胡媚兒看看憋尿憋得痛苦的胡瓶紫，再望望車內進入絕對拒絕狀態的蒲松雅，咬牙爬出後座，甩上車門。

蒲松雅看著車門關閉，緊繃到快抽筋的身體總算放鬆，仰起頭深深吐一口氣。

由於小徑上的路燈數量不多，宋燾正又開得相當快，所以蒲松雅沒辦法透過車窗看見外頭的景色變化，直到車子停下來才有餘裕往外瞧。

而這一瞧，他全身血液就凍結了。

這座公園是蒲松雅的夢魘，他無論如何都不願再踏上。光是看到此處的照片、回想起園內的景物，就會頭皮發麻。

「沒、沒事的。」

蒲松雅雙手緊握，抖著牙齒盡力壓抑心中的恐懼，否則他會不顧一切跳車，逃離這座黑暗的公園。

只是蒲松雅雖然能阻止自己的腳與手，卻阻止不了回憶湧出，過去他在公園中聽過的話語，此刻像是被某人按下播放鍵一樣，原原本本的響起……

——我們在這裡發現令弟的血跡，照片在這裡，但我不建議你看。

「忍耐一下就好，忍到胡媚兒他們回來就好了。」

——令弟離開之前，和你有任何爭執嗎？

「他們回來後就能離開這裡，馬上就會離開，一秒都不會多留。」

——你的伯父、叔叔告訴我們，你和你弟弟最近似乎常常吵架，親戚們都知道你們兩個意見不合。

「所以沒事的，都是過去的事了，沒有……」

——別再裝傻了！乖乖把你做過的事供出來，你把你弟弟藏到哪裡去了！

「我已經說過很多次了，我什麼都不知道！」

「不知道什麼？」

第三者的聲音突然插入，蒲松雅先僵住，再緩慢的把頭往右轉，瞧見胡媚兒手握車門站在外面。

「松雅先生，你不知道什麼？」胡媚兒問，同時前傾身子打算進入車內。

蒲松雅因為這個動作而回神，手腳並用爬向車門，抓住門把打算將門關起來。

胡媚兒趕緊撐住門問：「松雅先生你做什麼？」

「放手！」蒲松雅殺氣騰騰的下令，使出全身力氣關門。

胡媚兒雙眼瞪直，凝視蒲松雅片刻後拉開車門，一屁股坐到對方身邊。蒲松雅馬上後退，直到背撞上門板才停下，扭過頭盯著窗外，擺明無視胡媚兒的存在。

胡媚兒蹙眉注視蒲松雅，她挪近再挪遠身體，最後坐到車子的另一端，看著窗子外的路燈道：「松雅先生，其實你完全不是『沒事』吧？」

「……」

「你看起來和上次我們從藝廊回來時很像，你在忍耐什麼嗎？」

「……」

「還是在害怕什麼？」

「……」

「我是松雅先生的朋友，我會保護你，也會聽你抱怨、讓你捏臉、翻肚子給你看，所以不要把痛苦的事統統壓在心裡，你會把自己碾碎的。」

「……」

「松雅先生，告訴我是什麼在傷害你好嗎？」胡媚兒將視線放回蒲松雅身上，明媚大眼

中充滿固執。

蒲松雅透過化為鏡面的車窗，看見胡媚兒打死不退的表情，他咬緊牙齒湧起跳車逃跑的念頭。

不過，如果他真的跳車，胡媚兒一定會追過來，而身為區區普通人類的蒲松雅，肯定跑不贏有三百年道行的武鬥派狐仙。

——統統講出來算了。

蒲松雅的內心響起低語，他肩膀一震，同時聽見另一個聲音對低語做出回應。

——可是如果講出來，胡媚兒對你的觀感就會破滅。

——就算不講，她遲早也會發現你的本質，不如現在就攤牌，然後結束這段亂七八糟的孽緣。

「松雅先生，我會一直坐在這裡，直到你恢復正常，或是願意告訴我你怎麼了。」胡媚兒表情嚴肅的道：「必要時我會要小正和小瓶子在車外等。事實上，我剛剛已經發簡訊要他們兩個先別回來。」

——還是講出來吧……

——沒辦法了，講出來吧。

兩個聲音——蒲松雅的理性與感性，最後做出相同的結論。而蒲松雅本人聽著兩者的指示，垂下頭將嘴唇咬出血來。

胡媚兒見蒲松雅沒有反應，壓著胸口強調道：「松雅先生，我……」

「我們家一共有四人。」

蒲松雅打斷胡媚兒，以細如蚊蠅的聲音道：「我父親、我母親、我和雙胞胎弟弟阿芳。我父親是國中的國文老師，母親是全職家庭主婦，我和阿芳是學生。我家的成員組成很普通，但在我升上大二之前，我們家每年的房租、利息與股票收入大約有六百多萬。」

胡媚兒微微睜大眼，想起自己在跟蹤賈道識到法式餐廳時，曾經說過蒲松雅用餐的模樣很像有錢人家的少爺。

「這些錢不是靠遺產或創業，也不是我父親賺的，我們家之所以能過著優渥的生活，是我母親的功勞。她拿結婚前存的錢做投資，錢滾錢、利生利，累積出鉅額財富。」

蒲松雅微微勾起嘴角，懷念的微笑道：「我母親是個精明能幹的美人，她像個萬能的仙女，優雅自若的將一切處理得井井有條，不輕易發怒但也不讓人輕視，不管旁人拋出什麼難

題，她都能圓滑的應對。」

「我到現在都不懂，像她這麼優秀的人，為什麼會願意嫁給我父親？我父親沒錢、不帥、人呆，只是個爛好人，我母親配他真是太浪費了。」

「松雅先生，你怎麼這樣說自己的爸爸啊！」胡媚兒忍不住插嘴。

「因為那是事實，各方面都是。」蒲松雅仰起頭望著車頂上的小燈道：「我母親是我家的明燈，我們全家都很依賴她的保護，因此當母親失蹤後，我們家的幸福生活就結束了。」

「你的母親失蹤了？」

「她去爬大霸尖山，結果碰上暴雨引發山崩，和登山隊的隊友走散。隊友們順利被救難隊找到，但是我母親沒有，救難隊沒有找到她的人或任何物品。」

蒲松雅瞇起眼道：「父親對母親的失蹤表現得很平靜，還反過來安慰救難隊員說『是我們夫妻的緣分盡了』……反倒是其他親戚的反應比較激烈，他們到處找人幫忙，甚至還請來靈媒、乩童和占卜師，花上近二十萬尋找我母親。」

「你的親戚很關心你母親。」

「我當時也這麼以為，但事實上完全不是……」蒲松雅手指曲起，掐進座椅中，繃緊肌肉咬牙切齒的道：「他們之所以這麼做，只是要確定我母親是真的死了，好安心把我家的財產騙光！」

「……你說什麼？」

「蒲家的親戚想確定，蒲家精明能幹的女主人——荷三娘死透了沒。」

蒲松雅冷酷的回答，像是正瞪著不在此處的親友們。

「他們在確認母親死亡後，開始頻繁的約父親出門，他們的藉口都很好聽，安慰、散心、拓展新生活……等等的好聽話。父親相信自己的兄弟姐妹，對他們的邀約和建議幾乎照單全收，被親戚拉著到處遊山玩水，而我和阿芳一直很擔心父親是在強裝鎮定，所以也樂見有人陪他、帶他去玩。」

蒲松雅彷彿看見當年無知愚蠢的自己，咬牙切齒的道：「我什麼都沒察覺到，照常吃飯上學洗澡睡覺，直到那群人下手了，我才後知後覺的發現那群混蛋在計畫什麼！」

「那群人做了什麼？」胡媚兒問，話聲中透著恐懼。

蒲松雅張口再閉口，反覆數次才恢復最起碼的平穩道：「那天什麼預兆都沒有，我們一如往常起床、刷牙洗臉、吃早餐，我到大學上課，阿芳去與校隊的朋友做訓練，父親則和蒲

湘雄——我名義上的大伯——相約去爬山。」

「我在傍晚時回家，家裡沒人，但我一向是最早回家的人，因此不覺得有什麼奇怪。幾個小時後，阿芳也回來了，他問我父親呢？我說不知道，大概是被大伯拉去續攤之類，明天才會回來吧。」

蒲松雅幾秒停頓，吞嚥口水潤喉，「直到當晚三點，我和阿芳被電話聲吵起來，這才知道父親出車禍，正在開刀房中急救。」

「車禍！怎麼會？」

「他疑似酒醉後一個人在街上走，在穿越快車道時被貨車撞到。我和阿芳馬上趕到醫院，在開刀房外祈禱一整晚，可是父親還是沒撐過去，他在清晨六點左右宣告不治。」

胡媚兒睜大雙眼，她想握住蒲松雅的手，但這個舉動可能會破壞對方勉強維持的冷靜，只得壓下伸手的衝動。

「我們家在一年內，辦了兩場喪禮。但這不是最痛苦的事，完全不是。」

蒲松雅深吸一口氣，抖著握拳的手將故事往前推，「在父親頭七的那晚，大伯拿出一個鼓到快爆開的信封給我們，我和阿芳在靈堂前打開信封，發現裡面全是有我父親簽名的本票、

借據、支票、帳單、訂單……和諸如此類的文件。」

「諸如此類是指？」

「諸如此類證明父親欠他們錢的文件！」

蒲松雅的顫抖蔓延到喉嚨，揪著隨時會破碎的聲帶道：「那群人花了將近一年的時間，騙我父親簽下他根本沒欠的債務、訂根本用不到的商品，還同意他們拿我們家的房子去抵押借錢！」

「你的親人為什麼要……」

「那種人渣才不配用『親人』這兩個字！」蒲松雅大吼，一拳搥上真皮座椅道：「他們想要的只有錢！先前我母親在的時候他們知道自己騙不到，等到我母親走了，這群豺狼就撲上來把我們家吃乾抹淨！」

「你們家的錢都被他們榨乾了？」

「幾乎。他們先蠶食鯨吞父親的存款，接著銀行也來討貸款利息，等到七七結束時，我們家已經從年收入破百萬、擁有二十多筆房產，變成負債五十多萬！」

「負債？你們人類不是有什麼限制還是限量繼承，可以不要繼承債務嗎？」

「是限定繼承。我們有辦限定繼承，但是限定繼承處理的只有父親的債務，喪葬費可不算。」蒲松雅繃緊了臉，說著深藏許久的過去：「我們勉強保住當時住的房子——那是唯一一棟登記在我名下的房產，而葬儀社同情我們，願意讓我們分期付款，可是向我們討錢的不只有他們，還有大學和保險公司。我和阿芳都有學費和保單要繳，過去這點錢對我們來說只是零頭，可是……」

胡媚兒拉長脖子焦急的問：「你們沒有找朋友幫忙嗎？」

「朋友？哈！」蒲松雅冷酷的笑道：「他們在我父親二七後就沒再和我或阿芳聯絡了。因利益而聚集的人，在無利益後散去也不奇怪，只能怪我們兩兄弟太蠢，沒看清楚這些人的真面目。」

胡媚兒的眉頭高高吊起，她回憶起先前在醫院外蒲松雅與蒲湘雄偶遇的畫面，抖著嗓音輕聲問：「這就是你一看到湘雄先生就不對勁的原因嗎？因為他明明應該支持你們，卻帶頭搶走你們的財產？」

蒲松雅沒有回答，他只是抬頭，用黑洞般的眼神注視狐仙。

胡媚兒嗅出蒲松雅眼中的暗示，難掩驚愕的問：「還、還有別的？他對你做的事不只這樣嗎？」

蒲松雅沒給出正面答覆，只是把故事說下去：「阿芳對他們的行為非常憤怒，他想拿回屬於父親的財產，於是跑了好幾間律師事務所和仲裁單位，可是得到的答案都一樣：這些人的所作所為完全合法，沒有推翻的空間。」

「但即使如此，阿芳還是不死心，他打定主意一定要讓這群人付出代價。阿芳平常雖然總是笑臉迎人、對人對事都非常隨和，可一旦被惹惱了就會變得很執著。」

「被那樣對待，不管是誰都會想討回公道啊！」

「我就沒這麼想。」

「啊？」

「我就沒這麼想。」

蒲松雅重複，他後仰靠上椅背，闔上雙眼低沉的道：「我累了，不想再和那群人有任何瓜葛，他們要錢要房子就拿去，想講閒話就滾到一邊講，別讓我聽見就好。」

「松雅……」

「我的消極惹怒了阿芳。」蒲松雅截斷胡媚兒的安慰之言，閉著眼接續道：「他不能理

解我為什麼不和他一起為父親母親、為我們自己奮鬥，我們兩個在學校與家裡大吵了好幾次架，甚至驚動了教授和警察。」

「爭吵令我萎靡，而我的萎靡令阿芳火大，我再因為他的火大更加萎靡，如此惡性循環下，我很快就開始在阿芳發飆時灌酒麻醉自己。」

酒？胡媚兒腦中冒出蒲松雅在誤認自己給狐狸灌酒時，氣到要把她扭送警局的慘痛記憶，當時她就覺得對方對酒的反感強得不正常，難不成是……

「酒不能解決任何問題，只會製造問題。」

蒲松雅回應了胡媚兒的猜測：「在父親百日的那天，我們因為一點小事吵起來，吵到最後又說到那群人渣。阿芳破口大罵，說我是叛徒、對不起父親母親；我沒回他話，只是不停的灌自己酒。」

「阿芳受不了我的死樣子，摔門離開屋子。而我明知自己應該去追他卻沒動作，只是坐著喝到爛醉，然後被警察叫醒。」

「為什麼會出現警察？」

「因為他們撿到阿芳的錢包、外套和鞋子，而這三者全被血浸濕了。」

胡媚兒沒有馬上聽懂蒲松雅的話，不過在她理解的瞬間，臉色馬上轉為鐵青，結結巴巴的問：「發生、發生了什麼事？」

「不知道。」蒲松雅的聲音沙啞乾澀：「我只知道，警方在我家附近的公園找到阿芳的錢包、裂成兩半的外套、一隻鞋子和一大片血跡。這些東西散落在半毀的涼亭與大樹間，看起來非常慘烈。」

胡媚兒抖了一下肩膀，相當不安的問：「警察沒有查出阿芳……你弟弟出什麼事嗎？」

「沒有，公園裡的監視器在事發前一個月就壞了，沒人送修，也沒有人會在半夜去公園，因此找不到目擊證人。」

「怎麼這樣……」

「但是即使沒有監視畫面、目擊證人和跡證，他們還是鎖定了嫌疑犯。」

「誰？」胡媚兒問，雙眼中和口氣裡都透著火焰。

蒲松雅睜眼凝視狐仙片刻，再度闔眼道：「我。」

胡媚兒的腦袋空白兩秒，等到回神時，尖叫聲已經飆出嘴巴：「你說什麼麼麼！」

「警方把我列為嫌疑犯。」

蒲松雅以令人心碎的輕描淡寫回話：「我是最後看到阿芳的人，和阿芳有過激烈且頻繁的爭執——作證的是蒲湘雄和轄區員警，同時我還是阿芳死亡後唯一能得利的人，他的壽險保單受益人是我。」

「但、但是他是你弟弟啊！」

「那又如何？為錢而骨肉手足相殘的人類從來沒少過。」蒲松雅冰冷的反問，在胡媚兒回應前繼續道：「警方搜索我們的家、我打工的派報社和工地，約談我的老闆、同事、教授、同學和朋友。」

「他們一次又一次把我找去訊問，用各種方式對我說：為了你弟弟和你自己好，告訴我們你把他的屍體藏在哪裡。」

「我沒辦法回答，因為我不知道阿芳在哪。而他們花了半年時間調查，仍然找不到證據能證明我知道，只能把目標轉向附近的不良分子，但最後還是什麼都沒查到，沒人曉得阿芳在公園裡出了什麼事，直到現在都是。」

「怎麼這樣……」

「不過，儘管所有人都不知道是誰襲擊阿芳，卻都知道一件事。」

蒲松雅張開蓄著淚水的雙眼，望向胡媚兒，露出破碎的淺笑道：「警方懷疑他哥哥是凶手——我的老闆、同事、教授、同學和朋友，總算有正當理由和我斷絕關係了。」

胡媚兒瞪直眼睛，吐不出一個字。

蒲松雅的笑容卻因此變得異常燦爛，衝著胡仙輕笑道：「妳被嚇到了嗎？但這在人類社會中可不稀奇。沒有比人類更會說謊、更自私的生物了！人類可以對毫不喜歡的人說『我愛你』，可以為了利益而毫不猶豫的背叛至親好友，人類是地球上最不能信賴的生物。」

「松……」

「蒲湘雄那男人是如此，我也是——是我殺死阿芳。」

胡媚兒愣住，雖然沒有說話，可是震驚與迷惑全寫在臉上。

蒲松雅明白胡媚兒在訝異什麼，搖晃著手指解釋：「不，我沒有直接下手，但是誰讓阿芳半夜在外面亂晃？是我。是誰讓阿芳氣急敗壞失去理智？是我。是誰讓阿芳孤立無援？還是我。」

「……」

「我只注意自己的需要，沒盡到兄弟的義務去支持阿芳，放任他死在誰也不知道的地方，就這部分而言，我沒有比我父親的兄弟好到哪去。」

手指移到車窗上，蒲松雅敲著窗子，「當年濺上阿芳血跡的公園，就是我們現在所處的公園，而這座公園……讓我非常不舒服。」

蒲松雅放下手，面無表情的注視胡媚兒道：「妳要的答案，我給了，現在打電話給宋燾正，要他快點回來把車子開下山。」

胡媚兒掏出手機，在通訊錄中找到宋燾正的名字，可是她沒有按下去，僅是一動也不動的凝視著手機。

蒲松雅瞄了胡媚兒一眼，極度疲倦的道：「胡媚兒，妳再裝死拖延下去，我就自己走下山。我在這裡生活了二十年，知道哪邊有捷徑能走。」

「……不是。」

「我管妳是還不是，別……」

「你和那些人才不一樣！」

胡媚兒轉身大吼，揪住蒲松雅的衣領道：「你不是殺人凶手，也不是忘恩負義、利益優先的人，你和那些欺負你的親戚朋友才不一樣！」

蒲松雅被吼聲嚇到，慢了幾秒才道：「妳沒聽懂我剛剛說的事嗎？我……」

「我有聽懂！所以我知道你和他們不一樣，完全不一樣！」胡媚兒用力搖頭、雙手握拳的強調道：「你的親戚朋友是存心要偷你們家的錢，可是你不是，你不是存心要害你弟弟！」

「但結果是一樣的！」

「燾公大人說過：『有心為善，雖善不賞；無心為惡，雖惡不罰。一件事不能光看結果，也要看動機，而且有時候動機還比結果重要。』……你沒有害人的動機，你不是凶手，你是受害者。」

「阿芳才是受害者，我是加害……」

「你也是受害者！」

胡媚兒吼斷蒲松雅的反駁，手指對方強調道：「如果你不是受害者，為什麼不管是現在，還是剛剛說話的時候，表情都那麼痛苦？」

「表情？」

「松雅先生的表情非常痛苦！不信你自己看！」胡媚兒從包包中翻出化妝鏡，舉到蒲松雅面前。

蒲松雅盯著鏡子，鏡中有一張白如紙張的臉，臉上有一雙爬滿血絲的眼睛，拉平的嘴看似鎮定，可是不時顫動的嘴角曝露了主人真正的情緒。

「這一連串的事件上，受害最深的是松雅先生。」

胡媚兒放下鏡子，蹲下來凝視人類哀傷道：「從你講話的口氣、神情，還有見到蒲湘雄時的反應，我很確定是這樣。」

蒲松雅罕見的陷入無言之境，他張口再閉口，反覆幾次後總算擠出話來：「就算如此，我作為長子、阿芳的哥哥，沒在他最需要的時候支持他，反而背棄他仍是事實。」

「如果你要這樣講的話，你弟弟也一樣沒有支持你，和察覺你的需要啊！」

「但是我是他哥……」

「你不過比他早出生幾秒鐘！」

胡媚兒扯著嗓子大喊，雙手壓上蒲松雅的肩膀道：「我比你大上三百多歲，還不是處處倚靠你，年紀什麼的根本不代表什麼！松雅先生沒有錯，你是好人，你和你的親戚們不一樣！」

「我哪……」

「松雅先生是好人！」

胡媚兒尖叫，鬆手連戳蒲松雅的胸口道：「雖然你講話很不留情，一不耐煩就對周遭的人又掐又揍，孤僻、不親切、脾氣不好、做事不積極，但是你是好人！這點我、小金、小花和小黑都很清楚，我們動物比人類更能看出本質！會被動物喜歡的人都不是壞人！」

「被動物喜歡哪能……」

「你瞧不起動物嗎！我們的嗅覺比人類好、聽覺比人類強、跑得比人類快、咬得比人類猛，更別說我們的第六感，當你們的房子被地震震垮時，我們早就搬離震央兩個禮拜了！」

胡媚兒仰起頭，朝著車頂用最大音量吼道：「所以我知道，我、小金、小花、小黑，以及被你照顧過的流浪貓狗都知道——松雅先生不是殺人凶手，你是好人，絕對是好人！」

蒲松雅傻愣愣的聽胡媚兒吼叫，感覺對方的話聲像鎚子般，一鎚一鎚敲碎他的認知。

這些年來，沒人對他說過「你也是受害者」，他只聽過警方、親戚和朋友要他承認自己是凶手；也沒人讚美他是個好人，一直以來他收到的評價大都是冷血、冷酷、冷漠，或其他更難聽的詞。

然而，胡媚兒卻像一輛坦克般輾過來，高聲宣告他不是凶手，還反覆強調「你是好人」，

用野獸的利爪撕破人類的理性。

如此率直、如此直接……就像她當初闖入自己的生活時一樣，殺得自己無從防禦、無從拒絕。

「松雅先生絕對不是卑劣的人。」

胡媚兒直視蒲松雅的雙眼，將手放在心臟上道：「這點我能拿自己修煉三百年的內丹打賭，你是好人！」

蒲松雅繃緊的身軀緩緩放鬆，望著胡媚兒認真的臉，胸口湧現陣陣的暖意。

暖意迅速升溫成熱流，熱流由心口奔上蒲松雅的腦袋，將他整個人烘得輕飄酥麻。

「松雅先生雖然嘴巴上不饒人，又愛捏我的臉頰，但是你善良、聰明又帥氣。」胡媚兒抬起手，碰觸蒲松雅的臉頰，背對暈黃路燈微笑道：「我最喜歡松雅先生了。」

蒲松雅肩膀一震，雙眼睜大幾分，在體內的熱流與某種無法言語的衝動下，緩慢的俯身靠向胡媚兒。

胡媚兒察覺到蒲松雅的舉動，眨眨眼，沒有後退也沒有發問，只是靜靜的看著對方。

蒲松雅繼續靠近胡媚兒，不過在他做出進一步的舉動前，突如其來的巨響先震動了越野車。兩人立刻彈開，接著往前、往後方看，在半降下的車窗外看見憤怒的胡瓶紫。

胡瓶紫的右腳踏在車門上，精緻的小臉因憤怒而漲紅，盯著錯愕的兩人幾秒，然後扭頭朝公園內跑。

「小瓶子！」

胡媚兒大喊，她開門跳下車，可惜胡瓶紫早已跑得不見人影。

宋焘正從胡瓶紫離去的方向走回來，他先被少年狐仙正面撞上，再看見驚慌的胡媚兒，沉默幾秒後側身指著斜後方，暗示兩人「胡瓶紫往這裡去了」。

「小正謝謝你！」

胡媚兒朝宋焘正所指的方向奔去，跑沒幾步路就聽見不屬於自己的腳步聲，轉頭一看才發現蒲松雅跟了過來。

「松松松雅先生!你怎麼也下車了?」

「幫妳找人啊。」蒲松雅鐵青著臉道：「這座公園有很多小路和可以藏人的地方，如果胡瓶紫跑到這地方躲起來，妳很難找到他。」

「可是這裡是你弟弟出事的地方，你不會覺得不舒服嗎?」

「當然不舒服，所以快點把人找回來，然後要宋燾正飆車下山！」蒲松雅低吼。

▼※▲▼※▲▼※▲▼※▲

蒲松雅和胡媚兒一進入公園就碰到問題。根據宋燾正所指示的方向，胡瓶紫是朝公園中央跑，但是難保他進公園後會不會左轉或右轉，為了節省時間與避免你追我跑的狀況，他們最好兵分兩路找人。

公園的左邊是放置鞦韆、爬梯和沙坑等物的遊戲區，園內唯一一根正常發亮的路燈也在此；右邊則是鋪設鵝卵石的健康步道、長椅、涼亭與樹叢的休息區，雖設有三盞路燈，但是只有一盞勉強一閃一閃顫抖著放光。

蒲松雅蹲下來以手機照亮腳下的碎石地，搖搖頭皺眉道：「左邊和右邊都有腳印。胡媚兒，妳走左邊、我走右邊，如果發現人就打手機通知對方，沒有就折回這裡等。」

「我走左邊？但是左邊比右邊較亮，為了安全我走右邊比較好吧。」

「我的手機有手電筒功能。」蒲松雅揮揮手機，站起來轉向右側的路道：「而且右邊有幾條隱密的小徑，不知道的人很難發現。」

「可是……」

「沒有『可是』，我又不是小朋友，再說這裡這麼空曠，我如果遇上危險，只要喊一聲，妳不管在哪都聽得見。」

語畢，蒲松雅不給胡媚兒抗議的機會，大步朝右邊的路走去。

他忽視步道與椅子群，直接朝易藏身的小徑走去。年久失修的小徑已被雜草占領，二十多公分高的長草沒有彎折的跡象，周圍的沙土地也不見鞋印。

「沒有通過這裡嗎？」

蒲松雅轉身將燈光照向健康步道，再拉至步道旁的長椅群，這兩處都沒看見胡瓶紫，正想到樹叢區找找看時，一道人影突然從他面前竄過。

他愣住一秒連忙追上，跟著這抹幽影跑過三分之一個公園，來到位於最外圍的涼亭。

一開始蒲松雅沒意識到那是涼亭，直到他跟到亭子前，才發現自己站在什麼東西面前。

為什麼會如此？

因為上回蒲松雅見到這座涼亭時，亭子的八角形亭頂被削去一半，四根柱子有兩根斷裂、

一根被削去一半，亭內的水泥地凹陷了一大片，凹陷處還沾滿乾枯的血——警方就是在亭子內找到蒲松芳的血衣與血鞋。

而此刻，立在他面前的亭子從頭到腳都完好無缺，甚至不見一點汙漬或灰塵，乾淨得像是有人提前一天來刷洗涼亭。

對蒲松雅而言，完整的涼亭比破碎的涼亭更駭人，潔白的亭身彷彿從惡夢中走出的幽魂，在月下靜靜的俯瞰他。

胡瓶紫從涼亭的柱子後方現身，走到亭子中央怒視著蒲松雅。

蒲松雅因胡瓶紫的出現而回神，鬆一口氣道：「總算找到你了。別再亂跑，胡媚兒一看到你跑掉，整個人都慌了。」

「……」

「別讓其他人等太久，回去吧。」

蒲松雅轉身準備往回走，然而他才跨出腳，右手就被胡瓶紫扣住。

「喂！」蒲松雅回頭低吼，想搶回自己的手，但胡瓶紫的細指宛如鋼製手銬，令他動彈不得。

胡瓶紫一把將蒲松雅拉上涼亭，近距離瞪著對方道：「果然不該對害蟲有所期待。」

「你在說什麼？」

「我引你到這裡是要你懺悔，沒想到你卻反過來利用這點占媚姐便宜！」

「懺悔什……」

蒲松雅話說到一半，眼前的景物就突然上下顛倒，涼亭、胡瓶紫與亭外的景物統統快速後退。

不，不是這三者在後退，而是蒲松雅自己飛離了原有的位置——他被胡瓶紫單手拋出涼亭，還沒能回神發出求救聲，就頭下腳上的墜入亭子後方的斷崖！

第八章 看不清斤兩的「慢」

他躺在漆黑的房間中，額頭上頂著冰枕，四肢軀幹都浸泡在流感病毒所生的酸液中。

「有好點嗎？」

呼喚聲與橙黃燈光同時進入房中，他的母親推開木門走向床鋪，坐在床邊的椅子，低頭凝視他片刻後微笑道：「氣色看起來好多了，我的獨門秘方果然很有用。」

他吞吞口水，皺著鼻子抱怨道：「是有用……但就是太難喝了……不能改進嗎？」

「良藥苦口，報酬越大代價越大。」母親說著自己的座右銘，動手替他拉好被子，「而且你也不是小孩子了，應該不需要我拿棒棒糖拐你吃藥吧？」

「妳從來沒用棒棒糖拐過我……」

「當然囉，因為你是乖孩子嘛。」母親笑著道。她明明年過四十，笑起來卻仍像十八歲的少女。

他的母親有著十八歲少女的面容、身材與大膽妄為的性格，每每做出讓兒子擔憂的事，事成後再哈哈大笑取笑兒子的多慮。

就像現在一樣……他深吸一口氣，拿起枕頭旁的口罩戴起來道：「媽，妳明天就要入山，跑過來看我……不怕被傳染啊？」

「我天生麗質，病毒見到我就自慚形穢，自動退散。」

「最好是……」

「就是如此。」

母親站起來，突然收起臉上的笑，板著臉將他從頭到腳細細看過一輪。

他不懂母親的用意，皺眉正要發問時，母親先一步開口了。

「你的個性和身體像你爸，內向不喜歡惹事，從小大小病不斷，長大後才好一點；但是你的腦袋像我，聰明、敏銳、擅長分析。」

母親背著門外的燈光，露出符合她年齡的淡淡笑容，「而你弟弟相反，他有我強健的身體、外向有活力的性格，但卻裝了你爸爸固執的腦袋。」

「媽，妳說這些做什麼？」他問，掀開棉被想爬起來看清楚母親的臉。

母親伸手壓住他的肩膀，將人推回床上後，笑了笑走向房門，扣著門把回頭道：「你們兩兄弟不能吵架喔，因為你需要阿芳，阿芳也需要你，這個家只能靠你們兩個保護。」

「這個家還有媽媽啊。」

他停頓幾秒，一股莫名的不安湧上心頭，他緊張的問：「媽……妳會回來吧？」

「當然會！」母親恢復一貫的明亮笑靨，揮著手哈哈笑道：「我只是去爬爬山，過些日子就會回來，所以在那之前，你們要好好看家喔。你們兩個都是大學生了，這點小事應該不需要媽媽擔心吧？」

他皺眉轉開頭道：「當然不需要，媽……擔心妳自己的行李有沒有帶齊全就好。」

「我這就好好的『擔心』一下。」

母親關上房門。而這一關，他——蒲松雅——也永遠失去與母親相聚的機會。

▼※▲▼※▲▼※▲▼※▲

當蒲松雅張開眼睛，第一眼見到的是坐在病床邊的宋燾正，接著瞧見對方背後的電子儀器，這才意識到自己所處之地不是舊家房間，而是醫院的病房。

話說回來，他最近也太常進醫院了吧？

宋燾正感受到蒲松雅的視線，放下平板電腦問：「醒了？」

「醒了，大概。」

蒲松雅深吸一口氣，轉頭看著窗外漆黑的天空問：「我失去意識多久？」

「四。」

「四小時？比我想像中短。」

蒲松雅喃喃自語，他感覺自己的腦子裡罩著一層薄霧，想要抬起手揉揉太陽穴，這才發現右手包著繃帶。

繞上繃帶的不只有右手，他的左手、腰部與兩條腿上也都有繃帶，其中左腿的下半截甚至直接打上石膏。

蒲松雅看起來活像是萬聖節時的繃帶怪人，只要把臉也纏一纏，就能出去討糖果了。他被自己的樣子嚇到，不過原因不是自己突然提前慶祝萬聖節，是更現實的事。

「宋燾正，我記得，我應該是從高度兩百多公尺的懸崖摔下來的吧？」

「兩百三。」宋燾正以平板電腦亮出該懸崖的資料。

「區區三十公尺別計較。總之，我是在沒有任何護具及準備的情況下，從高度兩百三十公尺的懸崖摔下來，是吧？」

「是。」

「那我為什麼還活著？」蒲松雅指著自己的脖子問：「我沒死，甚至沒戴上頸椎保護套之類的，這怎麼想都不合理吧？」

「隱荷。」

「你說什……」

「你要我說幾次？去向松雅先生道歉！」

胡媚兒的聲音猛然冒出。

狐仙似乎陷入暴怒狀態，近乎咆嘯的怒吼：「『不要』是什麼意思？你還沒搞清楚自己做了什麼事嗎！你差點殺了松雅先生啊！給我進去下跪道歉，這不是請求，是命令！」

蒲松雅隔著病床間的隔簾，聽著胡媚兒的大吼大叫，愣了一會向宋燾正問：「胡媚兒怎麼知道是胡瓶紫推我下去？」

「看到。」

宋燾正做出拋擲的動作，他拉開白色隔簾，讓蒲松雅看見病房門口的胡媚兒與胡瓶紫，前者剛剛賞後者一個巴掌，火辣辣的五指印烙在少年的臉頰上。

蒲松雅第一次看到胡媚兒如此生氣，微微皺眉低聲道：「這實在……會不會過頭了？」

「不會。」宋燾正回答，他再次將平板電腦轉向蒲松雅，讓對方看見自己的愛車車門凹陷的照片。

蒲松雅愣住，無力的閉上眼片刻，再張眼望著宋燾正問：「能幫我把外面那兩個叫進來嗎？」

宋燾正點點頭，走到病房外拍拍胡媚兒與胡瓶紫，再指指蒲松雅做暗示。

胡媚兒往病房張望，她見到蒲松雅睜眼盯著自己看，立刻落下眼淚，三步併作兩步奔向病床，握住對方的手大喊：「松雅先生你總算醒了！有沒有哪邊痛？知道這裡是哪裡嗎？還記得我和自己是誰嗎？」

「我是人類，妳是笨狐狸，這裡是醫院，然後我的手被妳握得好痛。」

聽到蒲松雅的抗議，胡媚兒趕緊鬆手。她將兩手貼在腰後，像是被主人責罵的大狗般，可憐兮兮的望向蒲松雅。

相較於胡媚兒的小心翼翼，她身後的胡瓶紫卻是一臉冰冷的注視著蒲松雅，毫不掩飾自己對人類的厭惡。

蒲松雅沒漏看兩人截然不同的反應，他決定先忽視胡瓶紫，看著哭泣的胡媚兒道：「把

我救上來的是妳吧？謝了。」

胡媚兒點點頭再搖搖頭，最後重重吸一下鼻子，跪在床邊哭泣道：「都是我的疏忽，我看到的時候，松雅先生已經……開始慢慢掉下去了！都是我的錯，我們不應該分開的！」

「妳在說什麼啊？妳看到我落崖的瞬間，是這樣嗎？」

「是的。」胡媚兒縮起脖子，將頭抵在床畔道：「然後我也看到推你下去的人……對不起松雅先生，全部都是我的錯！我沒有把小瓶子教好！」

「我不認為妳有辦法『教好』他。」

「沒辦法？我可是小瓶子的……」

「胡媚兒，能讓我和胡瓶紫單獨談談嗎？」蒲松雅打斷胡媚兒問。

胡媚兒呆住，接著立刻搖頭如鈴鼓道：「不行不行不行，絕對不行！我還沒教育完小瓶子，不能讓他和松雅先生獨處。」

「妳那不是教育，是教訓吧？」

蒲松雅將手伸向病床的控制鈕，升起床鋪的前三分之一，以坐姿看著胡瓶紫道：「我不認為他會笨到在妳的眼皮底下二度謀殺我。對吧？胡瓶紫。」

胡瓶紫咬牙怒視蒲松雅幾秒，再轉開頭看向窗外，算是默認了對方的判斷。

蒲松雅轉向胡媚兒道：「就是這樣，妳和宋燾正先離開病房，等我們談完後，我再打手機叫你們回來。」

「等、等一下，我還沒……」

「啊，為了避免你們聽到我和胡瓶紫的對話，離開的時候請走遠一點，如果你們躲在門外偷聽，我有自信能馬上發現。」

「呃！」

胡媚兒整個人往後彈，正想拒絕這個要求時，宋燾正的手突然穿過她的腋下，拖著她往門口移動。

「小、小正你做什麼！我要留在這裡照顧松……」

「掰掰。」

宋燾正無視胡媚兒的抗議，與狐仙一同退出病房。

蒲松雅目送兩人離去，指著敞開的房門道：「胡瓶紫，麻煩你把門關上。」

胡瓶紫走去關門，不過人卻停在門板前，撇開頭不看蒲松雅。

這是蒲松雅預料中的事，因此他沒叫胡瓶紫回來，只是長長吐一口氣道：「我……每次和胡媚兒一起幹什麼，最後都會進醫院。」

「你在怪媚姐帶給你霉運嗎！」胡瓶紫立刻扭頭瞪向蒲松雅。

「果然是這種反應。」蒲松雅淡然的低語著，見胡瓶紫露出「不妙」的表情，他口氣平靜的道：「你喜歡胡媚兒，並且因此對我抱持敵意與嫉妒心，對吧？」

胡瓶紫轉頭看窗外，拒絕回答問題。

「不說話我就當作你默認了。」蒲松雅將背脊靠上病床，凝視格子狀的天花板道：「平心而論，你偽裝得很好，一開始我雖然隱約覺得你有問題，但也僅此而已，我沒有找到具體證據。」

「……」

「直到你在秋墳書店當一日店員時，你才小小露了一下餡。」

蒲松雅停下來休息幾秒，喘一口氣後繼續道：「你當時大概是受不了長時間和討厭的人關在一起，還得被對方使喚來使喚去，一時失去冷靜發難，不過你很聰明，馬上就利用孝廉那笨蛋順勢道歉，假裝自己只是正義感過剩的敏感青年。」

「……」

「你的演技很好，孝廉和胡媚兒應該都被唬住了，可惜很不巧的是，我天生就對別人的敵意特別敏感，所以你精心設計的表演沒有騙到我。」

胡瓶紫的手指抖動一下，斜眼瞄向蒲松雅。

「你的眼神在說：『你既然知道，為什麼沒有任何行動？』呢。」

蒲松雅看著胡瓶紫猛然收回視線，他閉上眼疲倦的道：「我和你不一樣，是個懶惰又沒行動力的人，只要你不直接傷害我本人，背地裡要講我多少壞話、釘我幾次稻草人，我都不會、也沒興趣管你。」

「……」

「你那些想害我出糗的舉動——諸如讓我在廁所鬼打牆、各種言語諷刺，我看在胡媚兒的面子上，原本打算當作沒發生，默默吞下來。」

蒲松雅停頓片刻，接著嚴肅且憤怒的道：「但是你為了整我，居然把主意打到翁長亭身上，靠法術影響我的味覺、用某種手法將調味料掉包，煮出一桌味道大風吹的爛菜讓翁長亭難過到哭出來。」

「那是你的廚藝有問題，和我無關。」胡瓶紫低聲反駁。

「不，我很確定那桌重鹹過辣的菜與你有關。」蒲松雅伸出一根手指道：「依據之一，是我明明有試吃過所有菜，卻沒發現菜與湯的味道有問題，這表示有人以我無法察覺的方式動手腳，而你是唯一有能力、動機和機會這麼做的人。」

「別把自己的過錯推到我身上！」胡瓶紫抗議。

蒲松雅無視胡瓶紫的不滿，伸出第二根手指道：「依據之二，是你在離開翁長亭家後，吵著要去上廁所這件事。」

「我們在晚餐時喝了那麼多水，會想上廁所很正常吧！」

「水喝多想找廁所很正常，但是導致我們水喝多的理由——那桌失敗的菜，以及你指名的『廁所』都很不正常。」

蒲松雅睜開雙眼，以近乎冷酷的冷靜注視對方道：「你的計畫大概是如此：先設法讓我弄出一桌調味失敗的菜，在損我之餘順勢讓所有人喝下大量的水，好讓你尿急找廁所的事不會太突兀。」

「這對我有什麼好處？自己沒做好就別……」

「我引你到這裡是要你懺悔。」

「什麼？」

「『我引你到這裡是要你懺悔』——這是你把我扔下懸崖前講的話，也是你剛剛那個問題的答案。」

蒲松雅的目光轉為銳利，宛如一把對準胡瓶紫的冰雕之刃，「你不是因為尿急所以想找廁所，是想要去那間廁所——正確來說是去廁所所在的公園，因此才必須尿急。」

「……」

「你知道那座公園對我的意義……」蒲松雅輕聲道，瞇起雙眼直直盯著胡瓶紫，「以及公園裡發生過什麼事。而且你不是聽說或看媒體報導，而是看過警方調查報告的內容。證據是你引我到涼亭，涼亭是阿芳血衣血鞋出現的地方，這部分並沒有在媒體上曝光。」

胡瓶紫動了動嘴脣，轉向蒲松雅冷笑道：「我是知道，但那又如何？對自己的弟弟謀財害命的人是你，不是我。」

蒲松雅承受胡瓶紫鄙視的目光，也是六前年包圍他的目光。他深吸一口氣，平靜的解釋道：「你似乎搞錯我的目的了，我之所以把胡媚兒和宋燾正支開，不是想要和你和解，是打算私下威脅你。」

「你有辦法威脅我？」

「當然有，你自己想想，如果我把剛剛的話，尤其是關於翁長亭的部分告訴胡媚兒，她會怎麼料理你？她可是把翁長亭當成自己的妹妹疼愛喔。」

胡瓶紫的雙眼瞪大，但是他馬上就收起動搖道：「你說的都是推論，沒有直接證據，媚姐不會相信你！」

「關於翁長亭的確是推論，不過很不巧的是，胡媚兒很信任我的推論，而且……」蒲松雅舉起繞著繃帶的手道：「在『你對我抱持敵意』這點上，我可是有充分的證據。一般人無冤無仇，不會把人扔下崖吧？」

胡瓶紫的臉色轉白，低頭看著地板不發一語。

「我也不是不能理解你的心情，自幼仰慕的大姐姐突然被奇怪的男人拐走了，換成是我也會不滿，但你是不是搞錯了什麼？我對胡媚兒沒有那種意思，胡媚兒對我也是。」

「……」

「那隻人來瘋的貪吃狐對誰都很熱情，你和她相處了上百年，不可能不知道吧？別因為

胡媚兒愛對我耍賴要求，就擅自誤以為我在追求她，或她在追求我。」

胡瓶紫繼續閉口不言，但是下垂的手緩緩握起，將指甲扎進掌心中。

蒲松雅礙於病床與隔簾的遮蔽，沒看見胡瓶紫的手部動作，他稍稍放緩聲音道：「別擔心，雖然我真心認為你是一個糟糕的死小鬼，也非常想給你一個教訓，但我不會提出你辦不到的條件。」

「只要你以慶賀翁長亭與石太璞訂婚為由，送一套昂貴的首飾給她，再告訴我你是從哪知道公園的事，我就對胡媚兒保持沉默。」

「你這……」

「你沒有拒絕或討價還價的餘地，假如你在這裡拒絕，等胡媚兒和宋燾正回來後，我就把剛才的話原原本本告訴他們兩人，然後逼你送首飾和告訴我你的情報來源。」

蒲松雅拿起放在床頭的手機，找出胡媚兒的電話號碼，將手指停在撥號鍵上，靜靜看著胡瓶紫。

胡瓶紫的臉色由白轉紅，鮮血從他的指縫中滴出，他瞪視蒲松雅許久後怒吼：「你這個虛偽的小人！明明做了如此失禮的事，還說自己對媚姐沒意思！」

「這不是我要的回答。此外，我也不知道你在說什麼。」

「你當然知道！我都看到了！你在車子裡的動作，那個動作……」胡瓶紫舉手直指蒲松雅道：「你是想吻媚姐，該死的登徒子！你分明對媚姐有意思！」

蒲松雅愣住，還沒能理解胡瓶紫的指控，病房的門就打開了。

「胡媚……」

蒲松雅朝房門喊，他本以為是胡媚兒聽見吼聲，違反約定衝進病房來，所以打算趕對方出去，然而喊聲卻卡在喉嚨中。

為什麼？

因為門外站著蒲松雅想都沒想過會出現的人物。

蒲松芳一手握著喇叭鎖、一手壓在門框上，氣喘吁吁的站在門口，紅色燕尾服因為奔跑而凌亂，頭髮也被風吹得亂七八糟。

蒲松芳放開門鎖走進病房，他跨大步直直走到床前，將蒲松雅從頭到腳細細看過一輪，雙腳一軟，跌坐在床邊的椅子上。

蒲松雅仍處於震驚之中，他盯著身邊的弟弟，大腦完全停止運作，直到聽見關門聲，才回過神朝聲音源看去。

關門聲是聶小倩所發出的，她將喇叭鎖的鎖頭按下，抽出一張紫底紅字的符咒貼上。

「妳在做什麼！」胡瓶紫大喊，警戒的注視兩位闖入者。

「只是鎖門罷了。」蒲松芳回答，他偏過頭冷淡道：「我是來看阿雅的，不相干的人麻煩安靜好嗎？」

胡瓶紫被蒲松芳激怒了，上前想找對方理論，但卻被聶小倩一個箭步攔下。

蒲松雅在這一來一往間慢慢啟動大腦，擠出聲音問：「我是在……做夢？」

「不是，雖然我很希望是，阿雅的樣子太慘了。」

蒲松芳深深吐出一口氣，伸出手指連戳哥哥的肩膀道：「別嚇我啊！當我知道你墜崖、送進又送出開刀房時，我嚇得心臟都要掉出來了。」

「你怎麼會知道我落崖？」

「是小倩查到的，我家小倩非常能幹喔。」

蒲松芳朝聶小倩比比大拇指，再回過頭繼續道：「上回我們在畫裡見面時，我覺得你的氣不太飽滿，所以請小倩幫我調查阿雅是不是出過意外，這一查才發現那個死老太婆居然設計你。」

「你在說什麼？我一點也不明白……」

「不明白沒關係，阿雅現在的工作是養傷不是聽懂，停止動腦、保持體力！」

「你這樣講，我更想知道你在講什麼了。老太婆是誰？是你上次提過，那個五百歲的超級老太婆嗎？」

「啊，阿雅還記得啊？真高興！」

「你別給我打哈哈帶……呃！」

蒲松雅被蒲松芳一把抱住，整個人僵硬了兩、三秒後，才放鬆身體抬起雙手圈住弟弟的背脊。

蒲松芳將額頭抵在蒲松雅的肩膀上，擁緊兄長，輕聲說道：「不管怎麼樣，阿雅沒事就好。」

「你也是。」蒲松雅揪住弟弟的燕尾服外套問：「你也沒事，是吧？」

「一如往常，身強體健。」蒲松芳笑著道。

「你們到底是誰？打算做什麼？」

胡瓶紫的怒吼破壞了兄弟兩人的平靜問候，他掐著符咒一面戒備聶小倩，一面嚴肅的對病床旁的人問：「沒表明身分就闖進來，還在門上貼了充滿陰氣的符咒，再不回答就別怪我不客氣！」

聶小倩手臂微動，她打算甩出白綾攻擊，不過蒲松芳的動作更快，他舉起單手制止聶小倩，令女鬼重回待命狀態。

蒲松芳舉著手站起來，他轉身面對胡瓶紫，放下手擺出招牌笑容道：「初次見面吻，胡瓶紫小朋友。」

胡瓶紫的嘴角扭動一下，壓下怒火問：「你是誰？」

「你知道的那個人啊！」蒲松芳走向胡瓶紫問：「你不是在老太婆送給你的調查報告上，見過我的照片、名字、身高體重和血型星座嗎？」

胡瓶紫先呆住，接著用力搖頭道：「不可能，你應該已經死了！」

「沒死成真是不好意思。」

蒲松芳做出舞者邀舞時的鞠躬禮，再直起腰桿，摸著下巴道：「哦，你就是老太婆看上的『慢』啊！看起來果然非常『慢』、超級『慢』、無比的『慢』，那個老太婆居然也有選對人的時候。」

「你一個人在那邊胡說八道什麼！」

「聽不懂？那我換個直白易懂的方式講好了。」

蒲松芳深吸一口氣，笑容驟然由甜笑轉而冰冷道：「你這個狂妄自大，被人利用還毫無所知的小王八羔子。」

胡瓶紫先是傻住，再猛然從憤怒升級到暴怒。他伸手想揪蒲松芳的衣領，結果手剛抬起，白綾就從他的腳下竄出，將整個人包得牢牢密密。

蒲松雅看著只露出一顆頭的胡瓶紫，想起先前朱孝廉差點被白綾勒斃的事，趕緊朝蒲松芳大喊：「阿芳，要你的屬下住手！」

蒲松芳打一個響指道：「小倩停下來，維持這個緊度就好。」

「是，松芳少爺。」聶小倩放下抓著白綾的手。

胡瓶紫扭動身體掙扎，使盡全力靠近蒲松芳道：「說了那種話又幹了這種事，我要你們付出代價！」

「哎呀哎呀，你果然什麼都不知道呢。」不理會胡瓶紫的叫罵，蒲松芳回頭問：「阿雅，你知道佛教的五毒嗎？」

「五毒……你說貪、瞋、痴、慢、疑？」

「沒錯就是那個，貪心、瞋怒、愚痴、傲慢與懷疑。我和我的合作對象在收集凝聚五毒的靈魂，目前貪、瞋、痴三魂都已經拿到了，而剩下的慢……」

蒲松芳走到胡瓶紫面前，伸手戳一下對方的胸口道：「就在我們眼前這位的體內。」

胡瓶紫不解的皺眉，接著猛然瞪大眼瞳。

「居然懂了？我對你的評價上升一夸克。」

蒲松芳拍拍手，背著手繞著胡瓶紫邊走邊道：「如你所想，某位老太婆為了激起你的慢心，先處心積慮靠近你，再不著痕跡的奉承你，捏造情報讓你去鄙視某人。」

「這、這不可能……」胡瓶紫低頭看地板，微微顫抖道：「我沒有……我不是那麼容易被設計的人，她……黑烏鴉也不是主動來找我，相反的，是我先知道她這個情報販子，才去委託她調查的。」

「你說的全是那個老太婆的慣用手法喔！她最喜歡讓獵物以為他們是自己走到陷阱中，而非被獵人引誘過去。」

蒲松雅抬起單手詢問：「等等……阿芳，你的意思是說，你的合作對象為了收集五毒中的『慢』，利用話術和你失蹤時的相關報告破壞我的形象？」

「差不多，不過老太婆不是我合作的對象，她只是我合作對象的屬下。」

「但是破壞我的形象，和『慢』——傲慢自大——有什麼關係？」

「當然有關啊！因為所謂的傲慢，就是指一個人不清楚自己的斤兩，看輕不該看輕的對象。」

蒲松芳晃到胡瓶紫的正前方，彎腰盯著少年狐仙道：「這位胡瓶紫小朋友看不起比自己優秀的阿雅，這不是極大的傲慢嗎？」

「光是看不起我，哪算極大的傲慢？」蒲松雅不解。

「怎麼不算？阿雅那麼優秀。」

「我不覺得自己有很優秀啊……」

蒲松雅垮下肩膀低語，他回想著胡瓶紫的言行，憶起對方稱呼自己是害蟲，而假如他是蟲子，胡瓶紫是殺蟲劑，那麼卡在兩這中間的植物是……

「他傲慢的地方，是認為自己比胡媚兒強，有能力與義務保護胡媚兒嗎？」蒲松雅問向

聶小倩，看到對方的點頭證實。

「不是、不是，是因為他瞧不起阿雅。」

蒲松芳伸出食指，挑起胡瓶紫的下巴，望著仍深陷震驚的少年狐仙道：「看不起我的兄弟，然後還殺人未遂，此等罪過，絕對不能輕放！」

蒲松雅從弟弟的話聲中嗅到殺意，急急忙忙撐起身體問：「喂，阿芳你想做什麼？」

蒲松芳偏過頭問：「你還記得我講過，我現在是吸血鬼王子嗎？」

「我記得，然後你還說自己吸的不是血，是氣。」

「沒錯，我現在就示範給你看。」

蒲松芳一說完話，就扣住胡瓶紫的肩膀，一把將人拉向自己，然後張口朝對方的頸動脈咬下去。

胡瓶紫的雙眼猛然張大，先是渾身僵硬，再發狂的扭腰甩肩想逃離蒲松芳的嘴。

不過他掙扎的強度很快就降低，外貌也迅速改變，頭上彈出毛茸茸的尖耳，臉部由平轉尖，白皙的皮膚長出茂密的金毛，從俊美少年變成半個人大的金狐狸。

蒲松雅目睹了這一切變化，他不知道弟弟做了什麼、胡瓶紫身上發生了什麼，但是卻本能的感到惡寒。

蒲松芳鬆手鬆口讓金毛狐落地，從聶小倩手中接過手帕，將嘴上的血與毛擦掉。

而在蒲松芳交還手帕的前一秒，病房的喇叭鎖動了，房門緩緩向內開啟。

「松雅先生，我覺得還是不能讓你和小……」

胡媚兒一面說話、一面開門，她低著頭進房，直到兩腳都跨過門檻，才發現地上躺著一頭失去氣息的金毛狐。

她的嘴巴與動作頓時凍結，雙眼直直的盯著金毛狐，再緩緩抬頭注視蒲松芳與聶小倩，在前者的手上瞧見染血的手帕。

「你、你……」

胡媚兒的嘴唇微抖，身體倏然解除僵直，右手握拳蹬地射向蒲松芳怒吼：「你對小瓶子幹了什麼事！」

聶小倩閃身擋住蒲松芳，橫扯白綾接下胡媚兒的拳頭，兩手畫圈繞住對方的手，拉緊綾布道：「松芳少爺，這裡交給我，請您移動到安全的地方。」

「她為什麼能進來？小倩明明有上鎖貼符啊。」蒲松芳皺眉望著胡媚兒。

「松芳少爺，現在不是……」

「不合理、不合理……啊！」

蒲松芳雙手一拍，盯著胡媚兒袖子上的褐色血跡道：「是阿雅的血！原來如此，這樣就合理了，她在搬運阿雅時沾上阿雅的血，所以能突破血符的封鎖。」

「松芳少爺，請您離開！」聶小倩緊繃著手臂喊道。

蒲松芳眨眨眼注視聶小倩片刻，他轉身來到門口，可是卻不是走出門外，而是將敞開的門重新關上。

「松、松芳少爺！」

「我要留在這裡。」蒲松芳悠悠哉哉的走向蒲松雅。

「不准靠近松雅先生！」

胡媚兒怒吼，拖著聶小倩奔向蒲松芳。

聶小倩急忙踏地，從裙襬中射出數條白綾固定住自己，抖著身子艱難的催促：「松芳少爺，此處太危險了，請您……」

「有我的小倩在，這裡哪會危險？」

蒲松芳坐上病床旁的椅子，蹺起單腳笑咪咪的道：「小倩，好好安撫一下這位抓狂的小姐，不過要小心別弄傷自己。」

「遵命。」

聶小倩沉聲回應，左右手的白綾驟然浮現嫣紅血點，接著她扭腰將胡媚兒甩向後方的牆壁。胡媚兒在半空中轉身，她現出狐耳、狐尾與長長的爪子，蹬牆躍向聶小倩，先兩爪抓破撲向自己的血點白綾，再狠狠刺向女鬼的咽喉。

爪子穿過聶小倩細白的脖子，但是脖子沒有噴出鮮血，反而如煙霧般散開，再重聚成血點白綾綑住狐仙的手。同時，聶小倩突然出現在胡媚兒的背後，握著白綾捲成的長槍，直直刺向敵人的心臟。

胡媚兒偏身避開槍尖，可是肩膀仍被槍尖劃破，鮮血迅速染紅皮膚與衣服。這道肩傷沒能讓胡媚兒停下來，她連血都未止就再次往前衝，一爪抓破女鬼橫舉的手臂，再送給對方一記迴旋踢。聶小倩撞上牆壁，人還沒落地，雙手就被追擊而來的胡媚兒貫穿！

蒲松雅注視著兩人交戰，如果單看進攻的次數，那麼胡媚兒比聶小倩多，且攻擊強度也較強，但是他一點也沒因此感到心安，反而越來越恐懼。

他見過胡媚兒打架兩次，一次是和混混打肉搏戰，一次則是和聶小倩打法術戰，但無論是哪次，都看得出胡媚兒不是靠蠻力輾壓對手的人，狐仙會思考如何利用敵人的攻擊，製造有利於自己的狀態。

可是此刻的胡媚兒卻像是不會思考的野獸，看到敵人就撲上去，遇到阻礙就直接打破，不在乎自己是否會受傷，也不去想眼前的是不是陷阱。

這樣下去很危險，非常危險。

蒲松芳斜眼看著兄長，忽然搭上對方的肩膀問：「阿雅，你在擔心那隻狐狸嗎？」

蒲松雅深吸一口氣道：「阿芳，叫你的人住手。」

「你沒回答我的問題，你在擔心她嗎？」

「那不重要，阿芳你玩夠了吧？別再打了，會出人命的！」

「是出妖命。阿雅你很擔心那位狐狸小姐嗎？」

「我……」蒲松雅瞧見胡媚兒的大腿被白綾貫穿，心跳頓時漏跳好幾拍，他放棄掩飾厲聲道：「是，我承認我很擔心胡媚兒！所以你可以停了嗎？」

蒲松芳「喔」了一聲，湊近蒲松雅的臉問：「為什麼要擔心她？」

「因為她是我認識的人啊！」

「只是這樣？」

「當然只是這樣。阿芳你想問什麼就一口氣問完，我沒心情和你玩遊戲！」

「既然你這麼大方，那我就不客氣了。」

蒲松芳的手離開蒲松雅的右肩，清清嗓子慎重的問：「阿雅，你喜歡上那位狐狸小姐了嗎？」

——你分明對媚姐有意思！

胡瓶紫的指控與蒲松芳的問題重疊，蒲松雅被耳邊、腦內的聲音懾住，盯著弟弟說不出話來。

他喜歡上胡媚兒？對胡媚兒有意思？

蒲松雅如此問自己，回想起兩人相處的經過。

初次見面時，醉成一團爛泥的棕色大狐狸；第二回相見時，嬌小卻力大無窮的年輕女子；第三次相遇時，在他家打滾討援助的狐仙；然後第四、第五、第六、第七次……

粗枝大葉漫不經心，愛吃愛喝愛耍賴，肌肉的發達程度與腦力成反比，老是串通他家的毛小孩逼人就犯……細想起來根本缺點一堆，完全不是他喜歡的類型。

但既然胡媚兒不是他喜歡的類型，為什麼沒有真的將狐仙推開？而且別說是推開了，他甚至把最不願意提起的過去告訴對方，這太不合理了。

為什麼會這麼做？蒲松雅無法理解。

蒲松雅釐清不了的心情，蒲松芳透過雙眼讀懂了，可是他雖然懂，卻依舊決定要照自己的任性行動。

蒲松芳靠向蒲松雅，對著兄長的耳畔低聲道：「阿雅沒有心動喔，因為那位狐狸小姐一看就知道不是阿雅的菜。遲鈍、愚蠢、好吃懶做、專長是惹麻煩，這種類型的女孩，阿雅最討厭了。」

「我……」

「阿雅討厭笨蛋。」

蒲松芳堅定的輕語，他舉起右手，將手上的左輪手槍對準胡媚兒道：「我討厭擾亂阿雅心弦的人。」

蒲松雅的雙眼張至極限，他看見蒲松芳扣下扳機，腦子瞬間凍結，直到右手掌與左大腿傳來劇痛，才迷迷糊糊的回神。

他發現病房內的打鬥停止了，胡媚兒、蒲松芳和聶小倩全看著自己，而且前兩人的表情相當可怕。

蒲松雅本想問發生什麼事，不過他很快就自行發現眾人沉默的原因：他在蒲松芳扣扳機的同時徒手壓下槍管，子彈擦過手掌再射入左大腿中。

他為了保護胡媚兒，不顧危險去動槍——蒲松雅在意識到這件事的同時，腦中糾結的思緒突然散開，只剩下一個清晰的答案。

「阿芳，關於你剛剛的問題。」

蒲松雅鬆開染血的槍管，抓住弟弟鮮紅的袖子，抬起頭抖著嗓音道：「我……我是喜歡上胡媚兒了。」

沒錯，胡媚兒又笨又麻煩，講不聽還踹不走，吵吵鬧鬧老是害自己丟臉，此外還是個問題製造機，但是……

但是這樣的胡媚兒，就像傻乎乎的大型犬一樣，十分惹人憐愛。

對毛茸茸動物沒轍的蒲松雅，不可能會討厭性格上像動物、真身也是動物的胡媚兒。只

不過因為胡媚兒同時也是「人」，而蒲松雅太習慣與「人」保持距離，以至於沒察覺到這一點。

蒲松芳直愣愣的看著蒲松雅，鬆手讓手槍落到床上，眼眶中迅速累積淚水，從自信滿滿的貴公子一下子變成被拋棄的可憐小孩。

這令蒲松雅的胸口揪痛，他伸手想安慰兄弟，然而聶小倩的白綾動作更快，一眨眼就繞住蒲松芳與手槍，將人勾到自己懷中。隨即，聶小倩抱著失神的蒲松芳往窗戶跑，而在她打開窗子跳出去的同一秒，病房的門忽然炸開。

蒲松雅嚇一跳往門口看去，在粉塵與爆煙中出現兩條人影，他先認出較矮的那條是宋燾正，接著才看出另一條較高且正對大門的是荷二郎。

「老闆？」蒲松雅驚訝的呼喚，看著荷二郎踩著碎片進入病房，問：「你怎麼會在這裡？你對門做了什麼？」

荷二郎沒有回答，他的雙眼掃過蒲松雅半紅半白的大腿，臉色立刻刷白，走到胡媚兒面前就是一巴掌。

這令蒲松雅從驚訝上升到驚嚇，不顧傷勢將身體挪向荷二郎大吼：「老闆你幹什麼！胡

媚兒身上還有傷，她……」

「松雅先生，沒關係的。」胡媚兒捧著紅腫的臉頰，低下頭愧疚的道：「這是我應得的……」

「什麼應得？就算妳皮厚血多，也不代表能讓別人隨便賞巴掌啊！」

「二郎大人不是別人。」

「啊？」蒲松雅問，眼前突然一陣晃動，他趕緊撐著床鋪穩住身體。

這個舉動將荷二郎的注意力轉了過去，他朝門外招手，兩名頭戴貓耳的褐衣男僕馬上拎著急救箱走進病房，替蒲松雅止血、打麻醉與消毒取子彈。

蒲松雅任憑兩人擺布，眼角餘光瞄到荷二郎走近，抬頭看見對方悲傷的望著自己。

荷二郎彎下腰，將手放上蒲松雅的右肩道：「小松雅，今晚……不，這半個月，你都要和我住在一起。」

蒲松雅愣住，隔了五、六秒才反應過來大喊：「我拒絕！我雖然斷腿又中彈，但有保險也有繳健保費，醫院會幫我處理。」

「這和你的傷勢無關，是和令你受傷的人有關。」荷二郎停頓片刻，抽回手，沉痛但堅

定的道：「此外你也沒有拒絕的餘地，我是你的監護人，你必須遵從我的安排。」

「監、監護人？我都二十五歲了，哪有什麼監護人？」

「不是民法上的監護人。」宋燾公——他剛剛附上弟弟的身體——走到床邊道：「是我們地府這邊指派的監護人，所以沒有年齡限制，只要你還具備目前的特殊身分，就算滿一百歲還是會有監護人。」

「我不懂。」

「不懂正常，因為你的監護人是採溺愛放任無知主義。」宋燾公瞥了荷二郎一眼，拍拍蒲松雅的背道：「解釋起來很耗時間，等你精神好一點再說，現在先姑且聽這隻白賊狐的話吧。」

「但是……」

「小松雅，別逼我對你動手。」荷二郎沉聲道，臉上掛著蒲松雅沒看過的嚴肅。

蒲松雅張口又閉口，最後惱怒的將自己摔回床上道：「要我搬去你家住可以，但是我需要的東西一樣都不能少，而且我還要帶我家毛小孩一起過去，誰也不准將我們分開！」

荷二郎露出微笑道：「這是當然的，你口頭或列清單給我，不管你需要的物品在高山還是海底，我都會替你取來。」

「我需要的東西才不在那種麻煩的地方。」

蒲松雅皺眉回應，目光挪向站在床尾的胡媚兒。他伸手指著失魂落魄的狐仙道：「那個笨蛋也算我家毛小孩，我要一起帶過去。」

胡媚兒猛然抬頭盯著蒲松雅，滿臉的不敢置信。

荷二郎也一樣，他的笑容僵住，凝視蒲松雅固執的臉龐片刻後，苦笑著點下頭。

尾聲

哭吧，笨狐狸

蒲松雅不知道荷二郎對醫院做了什麼，他這個本該留院觀察的傷患，居然非常順利的辦好出院手續，離開醫院時還獲得院長與護士的列隊恭送。

蒲松雅躺在床上，讓貓耳男僕將自己推進車中，他在移動中途就因為疲倦與失血而昏昏欲睡，上車後沒多久抗拒不了睡意便闔起雙眼。

不過他才睡不到十分鐘，就被耳邊斷斷續續的吸氣聲拉出夢鄉，迷迷糊糊的張眼往旁邊看，發現胡媚兒正低著頭啜泣。

蒲松雅伸手碰胡媚兒。狐仙震動一下看向人類，慌亂的抹去眼淚道：「對、對不起，我吵到你了嗎?對不起，我會……會安靜一點。」

「不是妳的問題，我本來就淺眠。老闆和那兩個貓耳呢?」蒲松雅掃視車內問。

「二郎大人和虎斑搭另外一輛車，阿菊在副駕駛座。」

「阿菊、虎斑……聽起來像貓的名字。」

「他們是貓沒錯。」

車子在狐仙答完話後陷入寂靜，蒲松雅看著胡媚兒，胡媚兒看著地板，兩人的耳邊只有儀器與車輛行駛發出的聲音。

以往蒲松雅會享受這種安靜，但是他忽然很懷念胡媚兒的吵鬧，哪怕這些吵鬧會讓他頭痛加胃痛。

他暗自掐自己的腿驅散腦中的睡意，望著胡媚兒低聲問：「胡媚兒，妳還好嗎？」

「我沒事。」

「真的沒事？」

「真的沒事。」

胡媚兒再次垂下頭，雙手握拳壓在大腿上道：「傷口都處理好了，沒事，我沒事。」

騙人——蒲松雅本想這麼說，但是胡媚兒笨拙掩飾的模樣讓他說不出口，他只能偏過頭去看救護車的車頂。

這段時間車輛駛過兩個路口，蒲松雅閉眼再睜開眼，深深吸一口氣問：「妳師弟呢？還活著嗎？」

「小瓶子還活著。」胡媚兒的拳頭陷入裙子中，低垂著頭細聲道：「但是他的內丹沒了，魂魄也受到很嚴重的損傷，就算二郎大人及時渡氣、施展定魂術，還是……」

「還在加護病房中，尚未脫離險境，是這樣嗎？」

胡媚兒點點頭，沉默片刻後抖著聲音道：「松雅先生，小瓶子他……我不知道他、他居然做法把你關在廁所中，還設計你煮出恐怖的菜。」

「那種惡作劇等級的找碴就別提了。」

蒲松雅停頓幾秒後，轉向盯著胡媚兒錯愕的問：「等一下，妳怎麼知道把我關廁所、讓我調味失敗的人是胡瓶紫？」

「小正在離開病房前，將手機設定成錄音模式放在床頭。」

「……」

「對不起。」

胡媚兒整個人縮在陰影中，萬分愧疚的輕語：「全部都是我的錯，我不知道小瓶子他是那樣子想松雅先生，松雅先生明明有提過小瓶子不喜歡你，我卻還是一點也沒發現。」

「妳要是發現了才奇怪。」

蒲松雅嘆一口氣，轉過頭凝視胡媚兒道：「別自責了，妳沒管好自己的師弟，我也沒看好我的弟弟，我們扯平了。」

「但是小瓶子他……」

「他是隻毛茸茸的金狐狸。」蒲松雅截斷胡媚兒的話語，掛著苦笑低聲道：「而我沒辦法對毛茸茸的動物生氣，不管你們做什麼我都會原諒，這點妳再清楚不過了吧？」

胡媚兒愣住，再用力搖頭道：「那個、那個不一樣，小瓶子他……小瓶子他差點殺了你啊！」

「阿芳也是。」蒲松雅聳聳肩膀，仰望救護車的車頂道：「妳師弟是被人刻意誤導，再加上一時氣憤才推我下去，但阿芳可是完完全全清楚自己在幹什麼。」

「可是……」

「夠了。等他恢復到能說話的時候，再過來跟我說聲對不起就好了。」

「……小瓶子要修煉一百年，才能恢復到說人話的地步。」

「那就要他能動之後，在我面前翻滾兩圈，露肚皮給我摸一摸。」蒲松雅厭煩的說著，朝胡媚兒揮揮手呼喊：「胡瓶紫的討論到此為止！妳，過來。」

「什麼？」胡媚兒抬頭問。

「我要妳靠過來，我的手臂有傷又打了麻醉，能動但沒力氣拖妳過來。」

「為什麼要松雅先生要拖我過去？」

「……妳到底要不要過來？」蒲松雅的話聲染上殺氣。

「對不起我馬上過去！」胡媚兒急急忙忙的起身靠近蒲松雅。

蒲松雅在胡媚兒的影子疊上胸口時，伸手扣住對方的後腦勺，接著一把將狐仙壓到自己的身上。

「松松松雅先生！」

「別逞強了，妳那種彆腳的演技，三歲小孩都看得穿。」

蒲松雅忍著因用力而抽痛的臂傷，壓緊胡媚兒的頭低聲道：「先前是哪個厚臉皮的傢伙，叫我想哭就哭，會痛就叫的啊？」

胡媚兒的眼角浮現水光，不過她馬上就忍住情緒道：「情況、情況不一樣，受傷的是松雅先生，我要是再哭哭鬧鬧，會讓你更不舒服。」

「恕我直言，妳哭哭鬧鬧的次數太多，我早就被妳煩到習慣了。」蒲松雅將頭轉向一邊，注視斜上方的藥品櫃道：「對我來說，看到妳安安靜靜的窩在角落，才叫我渾身不對勁。」

「可是……」

「妳很傷心吧？傷心到想哭上三天三夜吧？既然如此，就好好的哭。」

蒲松雅的手由扣轉為撫，輕拍著胡媚兒的頭道：「沒有人會因此感到困擾，我保證。」

胡媚兒的肩膀震動兩下，鼻子被酸意包圍，她放棄忍耐，抓著蒲松雅的衣服，趴在對方身上嚎啕大哭起來。

蒲松雅規律的拍撫胡媚兒，就算是肌肉發痠、傷口發疼也不停止，任憑狐仙哭濕自己的衣服。

他知道眼前有很多問題要釐清與處理，像是阿芳既然還活著，為什麼這六年來都沒聯絡過自己？還有，阿芳口中的合作對象是誰、他們在計畫什麼？

而荷二郎到底是什麼人？他為什麼會成為自己的監護人？又隱瞞了何事？

宋燾公所說的「你還具備目前的特殊身分」是什麼意思？和胡媚兒之前禁止他做的事有關嗎？

以及最重要的——接下來會發生什麼事？

這些問題全都很重要，而且每個都會影響蒲松雅本人、弟弟和周圍人對過去的認知以及未來的遭遇，但是他現在一點也不想思考這些問題的答案。

該來的躲不掉，那些堆積如山的問號就算此時不管，之後也會自動找上門，所以此時此刻，蒲松雅只想將心思放在這隻趴在他胸口哭得稀里嘩啦的笨狐狸上。

他閉上雙眼，感受著胡媚兒的重量和體溫，將煩惱與不安暫時拋諸腦後，任憑救護車將自己載向未知的道路。

……話說回來，胡媚兒應該沒聽到，他坦承自己喜歡她的話吧？

《松雅記事之四．愛與正義的狐仙》完

敬請期待更精采的《松雅記事之五》

My Voice Actor Prince 01
我的聲優王子01
~Love恋~
NOVEL 墨子都
ILLUST Jond-D
當聲控飯少女遇上聲優「陛下」&男神「蜀黍」
二次元到三次元錄音室的
愛的宣言！
陛下「朕想要的，不過僅是妳一人！」
蜀黍「當我的女朋友好嗎？」
小葵「……」(⊙o⊙)
——媽咪，妳女兒終於不再滯銷了！
Duoex
典藏閣
華文聯合出版平台
www.book4u.com.tw
采舍國際
www.silkbook.com
不思議工作室
立即搜尋
版權所有© Copyright 2015

飛小說系列123

松雅記事之四

愛與正義的狐仙

出版者■典藏閣
作　者■M. 貓子　　繪　者■穈先みち
總編輯■歐綾纖

製作團隊■不思議工作室

郵撥帳號■50017206 采舍國際有限公司（郵撥購買，請另付一成郵資）
台灣出版中心■新北市中和區中山路2段366巷10號10樓
電　話■(02) 2248-7896　傳　真■(02) 2248-7758
物流中心■新北市中和區中山路2段366巷10號3樓
電　話■(02) 8245-8786　傳　真■(02) 8245-8718
ＩＳＢＮ■978-986-271-591-8
出版日期■2015年4月

全球華文國際市場總代理／采舍國際
地　址■新北市中和區中山路2段366巷10號3樓
電　話■(02) 8245-8786　傳　真■(02) 8245-8718

新絲路網路書店
地　址■新北市中和區中山路2段366巷10號10樓
網　址■www.silkbook.com
電　話■(02) 8245-9896
傳　真■(02) 8245-8819

☞您在什麼地方購買本書？☜

1. 便利商店（ ________ 市／縣）：□7-11 □全家 □萊爾富 □其他____________

2. 網路書店：□新絲路 □博客來 □金石堂 □其他__________

3. 書店（ ________ 市／縣）：□金石堂 □誠品 □安利美特animate □其他________

姓名：__________ 地址：________________________________

聯絡電話：______________ 電子郵箱：__________________________

您的性別：□男 □女 您的生日：西元__________年__________月__________日

（請務必填妥基本資料，以利贈品寄送）

您的職業：□上班族 □學生 □服務業 □軍警公教 □資訊業 □娛樂相關產業

□自由業 □其他__________

您的學歷：□高中（含高中以下） □專科、大學 □研究所以上

☞購買前☜

您從何處得知本書：□逛書店 □網路廣告（網站：____________） □親友介紹

（可複選） □出版書訊 □銷售人員推薦 □其他______________

本書吸引您的原因：□書名很好 □封面精美 □書腰文字 □封底文字 □欣賞作家

（可複選） □喜歡畫家 □價格合理 □題材有趣 □廣告印象深刻

□其他______________

☞購買後☜

您滿意的部份：□書名 □封面 □故事內容 □版面編排 □價格 □贈品

（可複選） □其他

不滿意的部份：□書名 □封面 □故事內容 □版面編排 □價格 □贈品

（可複選） □其他

您對本書以及典藏閣的建議______________________________

____

____

✌未來您是否願意收到相關書訊？□是 □否

感謝您寶貴的意見

印刷品

請貼
3.5元
郵票

235 新北市中和區中山路二段366巷10號10樓

華文網出版集團　收

（典藏閣－不思議工作室）